文庫JA
4〉

コロロギ岳から木星トロヤへ

小川一水

ja

早川書房

7152

精霊をランプに閉じこめることはできても、時間をびん詰めにすることはできない。

——デーヴァ・ソベル

目　次

コロロギ岳から木星トロヤへ

D4L

原初の一点から無限の空白へ。湧き出した流れは全方位へ広がった。糸のように一次元で走ったか、あるいは膜となって二次元で流れてくれたら、それを川とも呼べただろうが、あらゆる方向へ広がって満ちたのだ。ちょっと川とは呼べなかった。それに大体、川を知らなかった。

時の泉を泳ぐのだ、とカイアクは思っていた。

泉の外縁は広く、穏やかだ。最外周は無限の広さを持つ冷えきった砂漠で、そこまでいくと涸《か》れると聞いていたが、それも五百億年も向こうだった。雄渾《ゆうこん》な遠泳能力を持つカイアクたちにとってさえそれは限りなく遠い。迷い出る心配はなかった。中流域だけでも十分広く、カイアクたちはそのあたりを自在に泳ぎ回って、楽しく暮らしていた。

泉には大小さまざまな「楔《くさび》」が浮かんでおり、中にはぶつかるとやっかいなものもあった。それらのほぼすべては一定の規則に従って存在していた。必ずとがった頭を泉の中心へ向け、広がった裾の部分を泉の外へ向けているのだ。

ある一点から周囲を見回すと、中心方向にはさまざまな楔の、裾の広がった「お尻」が見えた。そちらへ向かおうとすると、差し渡しの大きないくつもの楔に阻《はば》まれることがよくあった。

反対に泉の外周方向を見ると、楔の小さな「頭」ばかりが目に付いた。それらは比較的動きの邪魔にならなかったから、カイアクたちは普段、そちらへばかり泳いだ。

結果として、みんなが次第次第に外周へと流されるのが常だった。

ただ、自分たちにも正体のよくわからない敬虔《けいけん》で優しい気持ちがあって、それらの楔に触れることは極力避けていた。何しろそれらの「頭」部分は、本当に脆弱《ぜいじゃく》で壊れやすかったからだ。ごくまれに、カイアクたちがその長く強靭な体で誤って楔の「頭」をはじいたりしてしまうと、そいつはまるで最初から存在しなかったかのように薄れて消えた。

カイアクたちは楔を大事にしていた。なぜって、それがあるから彼らは複雑な流れの中で泳ぎを楽しむことができ、隠れんぼや鬼ごっこができたからだ。

どこの誰ともわからないが、一度おろかな仲間が気の利いたことをしたつもりで、楔を手当たり次第にはじき飛ばし、かき消して、どうなるか試したことがあった。そこは大きな大きな何もない広間になった。珍しい行いではあったが、そこを泳いだカイアクは、取り止めがなくてつまらないと思った。仲間たちも、くだらないことをしたものだと噂しあった。

そのうちに広間から見て上流方向から、恐ろしく大きく真っ黒な楔が伸びてきて、広間を埋め尽くしてしまった。かと思うとそれはやがて自分の大きさに耐えられなくなったかのようにめりめりと崩壊し、こなごなに壊れ、下流へ飛び散っていき、元の広間の何十倍もの、ぐしゃぐしゃになった巨大な廃墟を作り出してしまった。

そこはもう流れの向きさえ変わってしまうような、混沌とした一帯になり、近づくこともできなくなったから、あのおろか者は本当に救いがたいことをしたものだと、カイアクたちは悟ったのだ。

敬虔で優しい気持ちが大事なのだった。

泉の流れに流される仲間はゼロではなく、見知った顔がいつしか消えていることもあった。仲間が減ったと感じると、カイアクたちは繁殖に踏みきった。

流される生き物であるカイアクたちは、そのままでは泉の最外周まで運ばれてしまう。繁殖のために遡行することが、彼らの習性となっていた。泉は全方位に広がっている。つまり流れに逆らって進めば一点を目指すことになり、他の個体と出会う可能性も高まるというわけだった。

カイアクは繁殖するのが初めてだった。泉は広い。よき繁殖条件へたどり着くことができるだろうか。期待に胸を高鳴らせながら、どんどん流れを遡った。

本格的な遡行は困難なものだった。楔がいくつも立ちはだかった。それを身軽に避けていくうちに、少し張りきりすぎてしまったのかもしれない。カイアクは遡行の途中で、衰えを感じてしまった。そういう場合は楔のないところで流れに身を任せ、体を休める倣《なら》いだったが、カイアクは、ある珍しい考えを抱いてしまった。

――せっかく稼いだ遡行距離を流されて失うのは、もったいない。

周囲を見回すと、偶然よいものが目に入った。複雑な淀みをまとわりつかせた二つの大きな楔、それらから少し離れて存在する、小さな楔――仲間やライバルの目に留まりそうもない、ささやかな物陰。静まり返っていて、流れを避けることができそうだ。

――これはいい。

カイアクはその物陰にするすると入りこみ、しばしの休息をとった。

そしてすぐに楔を離れ、また上流へと泳ぎだした。本当に、少しだけしか休まなかったのだ。楔にはまったく影響を与えていないつもりだった。

だが、その考えは間違っていた。

長い長い彼の尾が、ガクンと引っかかった。

――なんだ!?

あわてて後ずさりして尾を外そうとしたが、そこでも失敗した。別の楔があって、今度は頭が引っかかってしまったのだ。

上流へ進めず、下流へも戻れない。

カイアクは、動けなくなってしまった。

A.D.2231 588-Achilles

「換えてくれ、ヘドロ掘り《スラッシィ》くん」

「お拾いになりやがってください、屁《ロットン》まみれさん」

二言目の響きに、レストランが凍りついた。

口にしたのは若いボーイだ。一秒前まで完璧に礼儀正しく給仕していた。目の覚めるような赤毛と冷ややかな水色の瞳。顔立ちは少女のように整っているが、愛想は蒸発している。

言われた相手は少佐の階級章をつけた臙脂《えんじ》の軍服姿の男で、隣にはべらせた美しいのが仕事であるドレス姿の女性と、和《なご》やかに談笑していたところだ。

トロヤ人のおろかさと臆病さについて、得意満面で並べ立てた挙句に、女のドレスの胸元に指を突っこみ、はたき返されて皿を落とした。汁気たっぷりのブラッドソーセージが床に転がった。

軍人に落ち度があったわけではない。——周囲の客の顔色が変わるぐらい傍若無人ではあったけれど、それはまったく落ち度なんかではない。

　男の軍服は、ヴェスタ人のそれなのだから。

　ボーイの返事を聞いた男は、足元に転がった、トロヤ人の半分が年に一度しか口に入れることのできない贅沢料理をきょとんと見つめた。それから、面白い余興が始まったようだといわんばかりの顔を連れの女に向け、もう一度ボーイを見た。

「今なんと言った？」

「拾って食えよ、屁まみれアヒル《ロットン・ダック》」

　お仕着せ姿でぴしりと気を付けしたまま、排水溝を見る目でボーイは言った。

　立ち上がった男がおもむろにボーイの襟首をつかんだが、拳を固めたところでふと眉をひそめた。ふてぶてしく薄目を開けているボーイの、まだ産毛《うぶげ》が残っているような、初々《ういうい》しい顔をのぞきこむ。

　にやりとゆがんだ笑みを浮かべる。

「その目と髪の色……ラプラントか。臆病ラプラントの親類縁者か？」

　その途端、少年の目に怒りの炎が燃え上がった。

「爺さんは臆病者じゃねえ！」

　殴りかかって、いともあっさり拳を止められた。男の腕周りは倍もありそうだ。

「ハッハッハ、ラプラント艦長の孫か！　皿洗いご苦労だな、負け犬め！」

男のすごいパンチを横っつらに受けて、少年はカーリングのストーンみたいに壁まで滑って激突した。すかさず起き上がって駆け戻り、軍人の腹に頭突きを入れて、致命的な立場の差と体重差も考えずに乱闘を始めた。

「負け犬じゃねえ、負け犬なもんか、てめーらの卑怯な罠のせいで爺さんは、爺さんは！」

食器がなだれ落ちて盛大に砕け散り、女性がドレスをかばいながら罵声《ばせい》を吐いて逃げる。客が総立ちでやけっぱちの声援を送り、店主の悲鳴と保安隊のホイッスルが響き渡る。

一番離れたところで、一番最後まで冷静に給仕をしていた、もう一人の黒髪のボーイが、ため息をつく。

「あいつまたクビかよ」

そう言うと、おもむろにメモパッドを取り出して、誰が何を壊したかの明細をつけ始めた。

西暦二二一四年、太陽活動の異常により太陽系の日照量は激変した。太陽発電に頼っていた小惑星ヴェスタでは深刻なエネルギー不足に見舞われ、百二十万人の市民が死に瀕した。

彼らが目をつけたのが、すでに別の人々によって開発の進んでいた、木星前方トロヤ群の小惑星、アキレスだった。

ヴェスタよりも太陽から遠いアキレスでは、最初からエネルギー問題が認識されており、宇宙移民に先立って画期的な解決策が取られていた。「小陽《トップ》」の建設がそれだ。南北極にジェットを噴きながら、赤道沿いに強力な熱と光を振りまく人工太陽。その正体は炉心をむき出しで燃焼するよう設計された、熱出力十二億キロワットの間歇《かんけつ》反応型核融合炉だ。

長径二百四十キロのアキレスから五百キロの距離を周回するこの小太陽は、世界時での夜間に燃料を蓄え、毎朝六時に輝き始めた。小陽《トップ》の周囲を、長さ十キロのワイヤーで結合された居住区が公転した。天井をガラス張りにした宇宙中庭と言える、長軸三百メートルの「住庭《カダンゴ》」だ。資源採取基地であるアキレスから送られた材料で、住庭《カダンゴ》はいくつも増設された。小陽《トップ》の周囲にメリーゴーランドのような世界を形作った。

小陽《トップ》は毎日十二時間輝いて世界に地球並みの重さと暖かさを恵み、夕方六時になると消灯して、翌日のための水素燃料の注入を受けるのだった。

小陽《トップ》の周りには四百基以上の住庭《カダンゴ》の増設余地があった。そしてトロヤ人は、半世紀ほど前にヴェスタから移民していった人々が多かった。

それを口実に、エネルギー不足に見舞われたヴェスタ人が移民の受け入れを迫ったのは、どうしようもないことだったと言えるだろう。彼らも生死がかかっていたのだ。

この問題は、双方の忍耐と譲歩と、善意に基づいて解決されてもよかったかもしれない。だが不幸にも、途中で破綻した。ヴェスタ側が移住を焦って、無断での軌道割りこみや住《カタ》庭《ンゴ》設置を、何度も繰り返したのだ。

誤解と手違いと事故が重なり、なし崩しに戦いが起きた。

ヴェスタのほうが人口が多く、宇宙航行技術にも優れていた。トロヤ人は小陽《トップ》の周りに安住しており、常備軍を持たなかった。中核施設である小陽《トップ》の技術者が総がかりで戦闘艦アキレス号を作り、せめて一矢を報いようと出撃した。

だがその努力は、実らなかった。

今から十五年前の西暦二二一六年、トロヤ人は敗北してヴェスタ人の軍門に下った。温暖な住庭《カタンゴ》のほとんどは臙脂の軍服の人々に支配され、そのもともとの主人たちは、世界の片隅であるアキレス地表へ押しこめられてしまった。

リュセージ・ラプラントが生まれた年のことだ。

夕刻、アキレス中央地表駅のアレスティングホームに、通勤シャトルが轟音をあげて次々と到着し、疲れた顔の人々がどっと降りてくる。小陽《トップ》で一日働いたトロヤ人たちだ。ここから十五年前に急造された地下宿舎へ帰り、低重力のもとでの落ち着かない眠りを眠って、翌朝またシャトルで小陽《トップ》へ出勤するのがトロヤ人の毎日だ。

それが嫌なら、鉱山で住庭《カダンゴ》建設のための資源を掘削するという人生もあるが、どちらにしろ重力には恵まれない。遠心重力のある快適な住庭《カダンゴ》は、ほとんどヴェスタ人に取られてしまった。

住庭《カダンゴ》の一つにあるレストランを退勤して地表に戻ってきたワランキ・レーベックは、地下へ向かう人の流れから外れて、比較的新しいアーケード通路をしばらく進んだ。やがて天井の広い空間に出る。人々がそぞろ歩く時刻だが、終戦広場に人はまばらだ。それなりに丹精された花壇のあいだを縫って、一番奥にどっしりと居座っている灰白色の巨大な塊に向かって歩く。落ち着いた、滑るような足取りだ。

「いやがったか……」

宇宙戦艦アキレス号の手前にある無人チケット売り場。花壇の端にパーカー姿の小柄な人影が腰かけている。

クビだと言われて、こっちからやめてやるとタンカを切って、その場を飛び出していった赤毛の馬鹿は、物思いするようにどっしりとしたオブジェを見上げていた。

リュセージがここにいるのは珍しいことではなく、探すというほどのことでもなかった。

ワランキは近づいていって、その隣に腰を下ろした。黙って待つ。

やがて、リュセージがぼそりとつぶやいた。

「店、どうなった？」

「衛生検査名目で営業停止、明日の昼まで。刑事処分はなし。お客にケガ人がなかったからな。よかったな、クビと出禁ですんだぞ」

「よくない、まだ勤めて一ヵ月だ。あの屁まみれアヒル《ロットン・ダック》は？」

「店長に頭下げさせて、むこう一ヵ月タダメシの特権を分捕った。何か言うことは？」

「屁まみれアヒル《ロットン・ダック》野郎」

「何日か宇宙服を着ればヴェスタ人もトロヤ人も等しく臭くなる。あんまり的を射た悪口じゃないな」

「知るかよ。おれたちはヘドロ掘り《スラッシィ》でも下水人間《ムーグー》でもねえよ。悪いのはあいつだろ？」

「仕方ないだろう、僕らは負けたんだ」

瞬間的にリュセージがワランキの頬を殴った。小娘にも間違われる涼しげな顔立ちに反して、手の早い少年だった。

ワランキがずれた眼鏡をおもむろに花壇に置くと、空《あ》いている手でリュセージの顎を殴った。十センチ高くて一歳年上なので、こちらは少々手加減していた。

つかみ合うようにして五、六発殴り合ってから、「やめたやめた！」とリュセージが叫んだ。

「なんでおれたちがこんなことしなくちゃならねーんだ！　あんな屁こき野郎のせい

で！」

「じゃあこれでシメな」

最後に一発、腹にパンチを入れた。リュセージは吐きそうになってかがみこむ。眼鏡をかけ直しながらワランキが言った。

「いい加減、そのすぐキレるとこ直せよ。負けは負けとして認めないと、復讐も何も始まらんだろうが」

「……負けてねー」

目に涙を浮かべてリュセージがつぶやく。ワランキが押しかぶせるように言う。

「負けた」「負けてねー」「負けただろ」「負けてねー、敗北宣言してねー」

「しただろ。政府が」

リュセージが顔を上げた。試すような目でワランキを見つめる。

「爺さんはしてない」

「リュセージ……」

ワランキはかける言葉を探してしまう。

リュセージの祖父、アキレス号のラプラント艦長の最期について話すのは、トロヤ人たちのあいだではタブーになっていた。ヴェスタ軍が味方を装った通信でアキレス号をおびき寄せて包囲したとき、艦底から一隻の救命艇が飛び出して、行方をくらました。同じときにラプラント艦長の姿はブリッジから忽然《こつぜん》と消えた。

指揮官を失った宇宙戦艦は、戦わずして拿捕《だほ》された。

そして後にはヴェスタ人の手でこの地へ運ばれ、終戦広場の主役として、一枚百メタルのチケット販売機とともに安置されたのだ。勇壮な見た目はそのままながら、弾薬と主反応炉を引っこ抜かれて何の役にも立たなくなった、外殻だけの姿で。

その意図が汲《く》み取れないトロヤ人はいない。

だからこのモニュメントの前にはいつも人影が少ないのだった。

「リュセージ……」

ワランキの父はリュセージの父と親しく、ラプラント一家のことをよく聞いていた。臆病風に吹かれて逃げだすような男たちでは決してないということを。仮に逃げたとしても、何かやむをえないわけがあったのだろうとも。

だから、いま無垢《むく》な怒りを目に浮かべている少年をあえて問い詰めずに、細い肩にがっしりと腕を回した。

「まあ、帰ろうぜ。帰っておまえの新しい仕事先、一緒に探そう。今度はキレずにすみそうなところを」

「いいよ別に。まだ帰らなくても……って、何、おまえまだあの店で働くの？」

「当たり前のことに驚くな、おまえは」

「なんで？　あんなことあったのに辞めてないの？　あの屁《ロットン》まみれがむこう一ヵ月来るんだろ、あの店」

「あんなことがあったから辞めらんねーんだろうが。おまえが勝手に抜けた穴、誰が埋めると思ってる」

　実のところ辞めない理由はそれだけではない。乱闘に激怒した店主をなだめて、リュセージが出した損害を肩代わりすると約束したからなのだが、彼がぶち切れた気持ちは心底よくわかるので、黙っている。

　そういう、口に出さない気遣いに毎回気づくほどリュセージは敏感ではないが、さすがに今回は、かばわれていることを察したようだった。

「そうか……ごめん。世話かけた」

「仕方ねえよ。次は二ヵ月越え目指そう」

「うん」

　まだ学校にいっていたころのように、素直にリュセージがうなずくのを見て、ワランキはようやく少し笑った。

「さあ」

　帰るつもりでワランキは立ち上がった。広場の明かりもだいぶ照度が落ちている。だがリュセージは立たずに少し考えこんで、やがて顔を上げた。

「ね、ワランキ。おまえって親友なんだな」

「今かよ。何年気づいてなかったんだ」

「いや、ごめん。何か、よくわかってなかった」

赤毛の頭をぽりぽりかくと、リュセージは立ち上がって歩き出した。広場の出口へではない。

チケット自販機のほうへ。

「ちょっと来て。見せたい」

「んだよ、帰ろうぜ」

ワランキは止めようとしたが、リュセージの顔を見て言葉を呑みこんだ。

「おれしか知らないこと、教えてやる」

あまり見たことのない静かな自信がにじんでいた。


宇宙戦艦アキレス号の観覧順路は、天測甲板から入って、ブリッジ、乗組員船室、食堂、戦闘司令室、電算室、そして後部格納庫を経て出口へ続く。一本道の観覧通路を除いて、すべてのドアは電子ロックで閉鎖され、寄り道はできない。トロヤ群にも少しはある博物館や美術館のような親切な案内表示は存在せず、使用途中で人の手を離れた機器や暮らしの設備がそのまま放置されて、十年以上もほこりをかぶっている。

この船は役に立たなかったし、今でも展示の役にさえ立っていない。そう思わせるために、ヴェスタ人はこの船をこういう熱のない状態で置いている。心情的にも物理的にも。

「そして残留放射線の管理が手間だから、空っぽになった兵器庫や反応炉への立ち入りを禁じているし、そもそも除染もしていない。おれたちそう習ったよな、幼等科《プライマリ》の遠足で」

弱々しい照明に照らされた艦内通路を歩きながら、リュセージが細っこい背中で言う。

「ああ、習ったな、ヴェスタ人の監督つきでここまで連れてこられた。原子と分子も知らん幼児に、放射線なんかわかるわけねーのにな」

ぶつくさ言いながら、ワランキはついていく。誰も掃除をしていないので、床の隅には埃とゴミの帯ができている。

「それがどうかしたか？」

「ここって寒くないよな」

リュセージは妙なことを言った。迷いのない足取りで角を曲がり、狭苦しい垂直坑に飛びこみ、ポールを伝って下る。ワランキは聞き返す。

「ないな。それが？」

「十年前からずっと寒くない。艦内のこの金属ポールを素手で握れたからよく覚えてるんだ。変だろ？」

「何が。町から電線来てんだろ。ヒーターが回ってるんだよ」

町の外は小惑星アキレスの地表で、太陽から七億七千万キロ離れた酷寒の世界だ。すべてのものは、暖めなければ凍りつく。小惑星アキレス自体、中身は氷だ。

ワランキの言葉に、リュセージは首を振った。

「見てのとおりゴミだらけで照明もケチってる。それなのに暖房だけついてるなんて、おかしいと思わない？　誰も来ない廃棄戦艦の奥で、だぞ」

ワランキはちょっと考えて、そういえばそうだな、とうなずいた。すぐに、その意味に気づく。理数系は苦手だが、頭の回転は速いほうだ。

「本当は反応炉が残ってる？」

「おれもそう期待して入ったんだ。――見て、ここからだ」

リュセージは一枚の扉の前でようやく振り返った。「主反応炉・艦長許可なき者の立ち入りを禁ず」の黄色文字と、後から貼り付けられたヴェスタ軍の立ち入り禁止ステッカーと、直径一メートルのどでかいレディエイションマーク。

リュセージは電子ロック装置にかがみこんでひと撫でしてから、区画ドアに手をかけてうんと力をこめた。するとそれはあっさりと開いた。厚さ十五センチはありそうな鋼鉄の扉がゆっくりと音もなくスライドしていくのを見て、ワランキは仰天する。

「おいっ、こらっ、開くのか!?　なんで開けられるんだ？　おまえ」

「隙間からヤスリを突っこんで芯棒を切った」リュセージはこともなげに言う。「面倒は面倒だったけどな。別に難しくなかった。ここへ来て、ひたすらぼんやり削るだけだったから。ロックはもう、見かけだけになってる」

「そんな手で開くのかよ、軍艦の気密ドアが！」

「開くよ、一日三十分ずつ、二百日かければ。ほんとにどうってことないんだよ、ここは誰も来ないから」

「二百日って、おまえな。時々いなくなると思ったら、そんなことをしてたのか……」

「いいから行くぞ、ワランキ」

ドアが開いたときから、奇妙に有機的な湿った匂いが流れ出していた。通路の先は広い空間につながるようだが、うっすらと曇っている。ワランキは緊張する。

「これ大丈夫か。被曝とか菌とか」

「線量を計ればいいだろ。気になるなら気密していこう。おれは生身で何度も入ってるけどね」

二人はパーカー様《よう》の上着の裾をジップロックして、手袋をはめ、襟の透明なフードを引き出してかぶった。ワランキの眼鏡は標準的な防曇防擦仕様なのでかけたままだ。首筋のタグを引いて、背中側の内部に貼り付けられている、薄い空気浄化シートを活性化させる。三時間の内気浄化反応が始まった。

服を気密すること自体には、ワランキもさして抵抗はなかった。シャトルの乗降チューブが裂けて耳と目を傷める程度の減圧事故には、誰だって年に一度か二度は出くわすものだ。少なくともトロヤ人はそうだ。

だが、リュセージが何を見せたがっているのかわからない。カジュアルな普段着の気密で耐えられるだろうか。ワランキはドアが勝手に閉じないのを確かめてから、恐る恐る先へ進んだ。

それでも、もやの立ちこめる広い空間に出て周囲に目を凝らすと、驚きの声をあげてしまった。

「なんだ、こりゃあ……」

そこにいたのは、まわりじゅうの壁を這い上がる、野太い蛇の群れ。

広大な部屋だ。五十人乗りの通勤シャトルが三機まとめて入りそうなほど。戦艦にこんな空間があるのか、一瞬違和感を抱いたが、元はここに反応炉が居座っていたのだろうと思い当たった。今は空《から》だが、天井にいくつかの強力な整備灯が生き残っており、闇のところどころを白金色に断ち切っている。光のもとで赤茶色とも灰色とも見える長大な繊維質が、絡み合いながら高く立ち上がっていた。二人のいる通路は空中にあり、手すりから見下ろすと、蒸し暑ささえ覚えるもやの底に、さらに多くの繊維がうねうねと堆積していた。

「蛇……なわけがねえか、長さ二十メートルはあるな」

ところどころに、濃緑や薄緑の小さなきらめきがある。ワランキはそれに目を留めた。

「葉だ……植物か。木か、これ⁉」

「まあね。種類とかよくわからないけど。この上がサービスステージになって、整備灯が全部つきっぱなしになってる。倹約委員の婆さんたちが卒倒しそうな景色。こいつら、それを求めて伸びたんだと思う」

ワランキは個人端末を取り出して、目の前の光景と高い蓋然性でマッチする光景を検索した。ネットワーク接続不能の表示が出て、ウェブから情報を手に入れることはできなかったが、端末に収録されているローカル事典にヒットがあった。

「メヒルギ、オヒルギ、スオウノキ……熱帯の湿地性の植物群落、いわゆるマングローブ林か。誰かの艦内温室がこの蒸し暑さと光のせいで育って、誰も切らないからここまで伸びたのかな。戦艦の腹の中にジャングルがあるとは……おまえ、これを見せたかったのか」

リュセージは何も言わない。

ワランキはしばらく感心していたが、やがてこの光景のおかしさに気づいた。

「しかし肝心の反応炉は影も形もない……じゃあ、この暑さはなんだ？」

「おかしいよな。大体、反応炉がまだあるとしたら、溜まった熱が結局は町へ漏れるはずなんだよ。で、総熱量収支に出るからすぐばれる。でもそういうことにはなってない。熱の出方がおかしいんだ。それでおれはもっと下へ行った。——見せたいのはそっちだ」

「なんだよ。アキレス号に積んであった最新秘密兵器か？」

「そんなものがあったらヴェスタ軍が見逃してねーだろ。違うよ、こっち」

リュセージはぶっきらぼうに言って、下り階段へ向かった。

反応炉が置かれていたコアステージよりさらに下へくだり、アキレス号最下層のホールドステージへ踏みこむ。ワランキはどこかに放射線源があることを心配して、個人端末を線量計モードで動作させた。案の定、端末は興奮した小動物のようにピチピチと甲高い声でさえずり、赤い警告表示をフラッシュさせた。

リュセージは「わかってる」とうなずいただけで進み続けた。その横顔はこわばり、彼が相当、緊張していることがうかがえた。

でなくても、なんらかの強い感情を抑えていることが。

「この先の積荷が壊れて、床に大穴が開いて、その穴から蒸気が出てきてる。もう艦底なんだけどな。それを見て、艦の下へ出る通路を探していたら、ここを見つけた」

リュセージがそう言って、ある非常ハッチを引きあけ、端末のライトをつけて中を照らした。何気なくそこを覗きこんだワランキは、目に入ったものが理解できなかった。

次の瞬間、電気ショックを食らったようにびくりと身を震わせた。

「な……」

狭いエアロックの中に紺色の軍服姿の人間の死体があった。白骨、いや、白く乾いた皮膚のこびりついたミイラだ。床の片隅にうずくまり、胸の前で手を重ね合わせている。目玉は落ちくぼんで見えない。

「うわっ」

あわてて身を引いて逃げた。心臓が激しく暴れていた。

「なんだこれ……誰だ？」

「肩章見てくれよ」

言われてもう一度ハッチを覗いたワランキは、ゆっくりと眼を見張った。

「星三つとブーツのマーク……まさか！」

「ああ」

顔を見合わせる。リュセージは物悲しい眼をしてうなずき、手を伸ばして死体の肩に触れた。

「アキレス号艦長。爺さん、ここで十五年間死んでるんだ」

リュセージは十一歳のときにアキレス号を探検していて、一見、封印されたままのこの非常ハッチの中で、祖父の遺体を見つけたのだった。彼は殺されていた。すぐに考えたのは、このことをみんなに話したらどう思われるだろうということだ。

ラプラント艦長は逃げなかった。臆病者ではなかったのだ。トロヤ人は大喜びし、また彼の不運を悲しむだろう。だがそれはヴェスタ人の神経を逆なでする。彼らはただちにここへやってきて、英雄の死体をどこかへ運び去り、悪くすればアキレス号そのものも回収してしまうだろう。

そうなってはたまらない。リュセージは誰にも言わずに一人でここを見守ることを決めた。

死の詳しい状況が知りたくて、丹念に遺体を調べた。ミイラの胸元は血で汚れており、頸部にひどい切り傷があった。それが致命傷だったのだろうし、そのせいで声が出ず、最期の瞬間に無線連絡できなかったらしい。

刃物が見当たらないので、自殺でないのは明らかだった。そして祖父の右拳には、個人名をレーザー刻印した認識票が握りこまれていた。軍人が身につけるものだ。

認識票の持ち主はアキレス号の機関員の一人だった。だが、そいつのことをひそかに調べたリュセージは、落胆した。

彼は艦が拿捕されたときにヴェスタ軍に投降し、情報提供者としてしばらく働いていた。しかし終戦後半年ほど経ってから、酒場で寝返りのことを誰かになじられ、口論した挙句に刺されて死んだ。

悪人にふさわしい、みじめな死だった。彼が祖父を刺したいきさつや、偽装のために救助艇を発進させたかどうかなど、わからないことはまだあったが、とにかく運命は決着をつけてくれたのだ。このうえリュセージが手伝えることは、何もなさそうだった。

「だから……このままなんだよ、ずっと」

リュセージは白く細く乾いた祖父の手を取って、そう語った。

「だからおれはあの屍まみれアヒル《ロットン・ダック》どもを殴るんだよ。なあワランキ、いいだろ!?」

十五年の放置で乾ききった遺体に腐敗菌は存在しないだろうし、手袋越しに害を及ぼされることもないだろうが、ワランキはとうてい艦長に触れる気にはなれない。それをするリュセージの無念はどれほど深いのか。汲み取ることはできそうもなく、ワランキはただ、年下の少年の腕に、手を置いてやったのだった。

「ああ、好きにしろ」

「くそっ、爺さん……傷があと一センチずれてたらなあ！　助けを呼べただろうに……」

洟《はな》をすり上げるリュセージを、ワランキはじっと見守ってやった。

それから通路へあがって、再びエアロックを閉じた。少し湿気を入れてしまったわけだが、場所が場所だからそれ以上水分が補給されることはない。彼は半永久的にここで眠り続けるのだろう。

二人は帰途に着いた。

途中で先ほどリュセージが説明した、大穴の近くを通った。線量が極めて高いので中を覗けなかったが、観察した限りでは放射線も熱も水蒸気もそこから出ているらしい。

「原子炉じゃないか？　核分裂炉。アキレス号が補助動力用に積んでいたとか」

「それがなんで穴の底へ転がり落ちて、いまだに燃えてるんだ？」

「核分裂炉ってそういうものなんじゃないか」

端末で調べてみると確かにそうだった。現代の核融合炉と違って、古い核分裂炉は管理に失敗すると冷却系が爆発する。適当な中性子減速材――たとえば水――に浸かっていれば、人間に調節されなくても反応を続ける。だが、兵器用に極限まで濃度を高めた燃料がなければ、核爆発は起こさない。ただいつまでもだらだらと半端な熱量を放出してくすぶり続ける。

これらのイベントは、ヴェスタ軍が適当に検査しただけで放り出した初期のアキレス号の中で、いかにも起こりそうなことだった。

「氷地殻の一部が溶けて対流を起こして、うまいこと原子炉の放熱を地下へ運んでくれるサイクルができたとか、そんなところじゃないかな。だから公園側に熱が出てこない」

「小惑星が溶けちまわないかな？」

「コアだけでも直径二百キロの氷の塊だぜ、しかもマイナス百六十度の。戦艦の予備動力程度のパワーじゃ、ほんのちっぽけな対流ポケットを作るぐらいが関の山だろうよ」

「ま、そうかもな」

興味を引く現象だが、今の二人は死者の無念に心を奪われていた。どうやら人工と天然の混ざり合った巨大温室になりつつあるらしいコアステージを横目に見ながら、黙々と階段を上って出口へ向かった。

区画ドアは閉ざされていた。

「なんだこれ」

この先放射線管理区域外、と但《ただ》し書きされた扉を、リュセージがガチャガチャと引っ張る。動かない。ワランキが横から尋ねる。

「芯棒、切ったんじゃないのか」

「切ったけど、カムフラージュのためにラッチは残してある。ほら、最初に撫でて外したやつ」

「あれか。指先一本で動きそうだな」

「向こうからならな。こっちから動かす方法はない。ド畜生が、誰だ！　勝手にこんなことしやがった野郎は」

顔は綺麗なのにリュセージの口は相当汚い。ワランキは片手を上げて宣誓のポーズでおごそかに言う。

「僕じゃない。閉まらないように確かめた」

「ってことは、誰か来やがったんだな」

「それか、中に誰かがいる」

二人は顔を見合わせて、薄ら寒い気持ちで背後を振り返った。

もうもうと蒸気が立ちこめ、得体の知れない植物がはびこり、放射線の気配が漂う閉鎖空間――そんなところに、自分たち以外の人間がいるとは思いたくない。

「いやだな」

リュセージがぽつりと言って、身を震わせた。

「他の出口を探そう。それと、酸素も」

ワランキはそう言って歩き出した。リュセージが足早についてきた。

二人はキャットウォークを歩き回り、上方のサービスステージにも登った。機関制御室はリュセージが言ったとおり、緑の樹冠が茂って驚くべき景観を呈していたが、今の二人に重要なのは光合成ではなく備蓄酸素だった。幸いそれは残っていた。数えただけで二十人分ものボンベが見つかり、すぐに窒息する恐れはなくなった。

「この先十日はもつな。ま、最悪の事態はなくなった」

「十日もこの服でいるのが最悪だよ。シャワーあびてー……」

ぶつくさ言いつつ、気密パーカーのネックバルブにボンベがつなげることを確かめた。

だが、出口が見つからなければボンベも無意味になる。無線で助けを求めるという選択肢は常にあるが、大人たちの手をわずらわせることになるし、出口を閉鎖されて、ラプラント艦長がいるこの場所に二度と来られなくなる恐れもある。できれば避けたかった。

二人はもう一度コアステージに降りた。先ほどは近づかなかった反応炉基盤フロアを調べて回る。そこは視界が悪くて樹木の根がのたくる、不快な空間だった。いつの間にかリュセージがワランキの背中にぴったりくっつくようになった。

「おまえ、向こう見てこいよ」

「いやだ。武器もないし……」

リュセージが眉をひそめて首を振る。祖父の遺体には平気で触るし、ケンカが弱いわけでもないのに、この少年は時々そんなことを言うのだった。ワランキも、こういうときは強《し》いて追い払ったりしない。

床の中央にどっしりと横たわる太い根を回るようにして、うろうろと効率の悪い探索を続けること一時間。

「だあっ、疲れた！　休む！」

成果のないまま、リュセージがぶち切れてそう宣言した。赤茶色をした極太の根に背を預けてずるずると座りこみ、首もと内側のドリンクチューブを叩いて開封する。

ワランキはそれをいさめた。

「おまえそれ節約しろよ。いつ出られるかわからないんだから」

「上に水もあった。一、二本飲んだって線量たいしたことねーって」

そう言って、ふてくされたようにリュセージは首もとのストローを吸った。

ぐい、と後ろから押されて前のめりになる。

「って。なんだ、この……」

振り向いた彼が沈黙した。腰を下ろしかけていたワランキも中腰で凍りつく。

リュセージがもたれた、差し渡し五メートルはありそうな円筒形の根が、重々しく震えた。

ずしん……

「木の根じゃない！」

リュセージがあわてて飛び離れた。よく見ればその部分はマングローブを形成する熱帯樹たちとは明らかに様相が異なった。蠕動《ぜんどう》しており、粉を吹いたようにざらざらした赤茶色の表面をしている。二人はその表面の様子に心当たりがあった。

宇宙風化だ。この物体は相当の期間、真空の宇宙に露出していたのだ。木の根ではありえない。

「なんだ……？」

ずくん、ずくんとうごめく巨大な筒を、閉じこめられた二人は呆然として見上げた。

西暦二〇一四年　北アルプス噺咽木《コロロギ》岳山頂観測所　二月

ずんごっすん！　ものすごい轟音と振動が施設を揺さぶり、岳樺百葉《だけかんばももは》は跳び上がって目を覚ました。

「うっわなんだ噴火⁉」

畳敷きの宿泊室はまだ真っ暗だ。目覚ましを見ると午前一時で、窓ガラスがカタカタ鳴っている。この施設は堅牢な鉄筋コンクリート作りだが、噴火に耐えられるようにはできていない。布団から飛び出して窓に駆け寄る。

星空のもと、ほぼ真南の方角に、白磁の深皿を伏せたようななだらかな山体が静かにたたずんでいた。雪に覆われた三〇二六メートルの主峰・剣ヶ峰だ。旧火口の権現池は峰の右手奥だが、炎や煙を噴いてはいない。たぶん今も、まっさらの青白い吹き溜まりになったままだろう。

だが、振動は続いている。ディーゼル発電機の単調な響きとは明らかに違う。観測所がその頭の上に乗っている摩利支天《まりしてん》岳を含めて、二十二の峰からなるコロロギ山系は、いくつかの火口池を持つ複火山で、昔は活発に噴火していた。そのどれかが火を噴いたのかもしれない。

「なんだなんだどこだ」

部屋は二階だが北側の鶴ヶ池や亀ヶ池は見えない。百葉はジャージのまま綿入れを引っかけて、二階北東角の研究室へ移る。二重窓を開けてマイナス十五度の寒風に顔を叩かれつつ、青く深い景色に目を凝らすが、真下の不消ヶ池《ふしょうがいけ》も一段奥の二つの池も、しんと静まり返っている。

「火口は噴いていないか……じゃ、なんなの？」

窓から首を突き出して左右を見る。不動岳も富士見岳も落ち着いたものだ。雪崩《なだれ》の気配もない。ということは、噴火のような大規模災害ではないのか。東方向の景観は観測所の大ドームにさえぎられて見えないが、そちらにはめぼしい火口はないから見えなくてもいい――。

「……えーっ？」

一度見過ごしかけて、百葉は思いっきり大ドームを二度見した。

「おっちゃん！　水沢所長！　起きてー！」

自室の隣の宿泊室の扉を叩くと、「おーいこっちだ」と遠くから声がした。百葉は明かりをつけて階段を降りる。一階ホールで、トレーナー姿の初老の男と合流した。

「おっちゃん、寝てなかったんだ」

「いや、さっきの一発で起きて様子を見に来た。自然の揺れじゃなかったからな。ももちゃん、大丈夫だったか？」

「うん、私はノープロブレム。枕元に何も立ててないから」

「そりゃよかった。頭でも打ったら、下へ降ろすの大変だから」

ここでこの季節に「降ろす」と言ったら、二階から一階へ降ろすという意味ではない。ヘリを呼んで二千五百メートル下の町へ降ろすという意味である。

「ざっと見て回ったが電気と暖房は大丈夫だ。ひとまず命の危険はねえからな、ももちゃん！」

観測所長の水沢潔《みずさわきよし》は、そう言って無精ひげにまみれた顔に笑みを浮かべた。経験豊かな働き者で、背丈が低いわりにがっしりとして腹の出たビヤ樽体型だ。百葉は最初に彼と対面したとき、施設を守るドワーフが出てきたのかと思った。

「うん、ありがとう、所長」

対する百葉はひょろりと痩せた背高体型で、もっと幻想的な美人だったらエルフのコスプレができたのに、と思ったこともないとは言わない。実際には脂肪分が少なく起伏に乏しい存在であるため、学生時代は背の低い子と組んで「セミと電柱」を持ち芸としていた。色気のなさを逆に武器として理系に進み、この観測所の越冬要員にまで（標高的な意味で）登り詰めた。毎日昼間に観測を行うのが仕事である。

二階から目にしたのは噴火ではなかったが、想像を絶する光景だった。互いの無事がわかったので、尋ねる。

「それでね、いま上から見たんだけど、大ドームが……」

「見たのか、あれ」

「見た？　ぼっこり……」

「中までだ。まあ、見たんならしょうがない」

水沢は渋い顔になって、背後の廊下の先を指差した。

「来てみな。覚悟しとけ」

国立天文台のコロロギ岳観測所の名前は数年前まで三文字長かった。「コロロギ岳コロナ観測所」である。コロナとは太陽を取り巻く摂氏百万度の希薄な大気だが、地上からでは日食のとき以外はほとんど見えず、なぜそんなに高温なのか誰にもわからなかった。その謎を解くために建設されたのがコロロギ岳の観測所である。最初はささやかなものだったが段階的に拡張され、最盛期には観測所東端の十二メートル大ドームに、東半球で最大の人工日食観測鏡を備えて、科学の発展におおいに貢献したのだった。

だが、今では当時の熱気はない。コロナは相変わらず百万度だが、大気圏外に人工衛星が打ち上げられて、ずっと高度な観測をするようになったからだ。地上からの観測の必要性は薄れ、コロナの三文字が施設名から消えた。設備や建物の老朽化もあって、一時は越冬観測自体も中止されていたのだった。

百葉にとってはさほど残念ではない。この施設が研究の第一線ではなくなったからこそ、若手の自分が潜りこむチャンスができたのだから。望遠鏡の観測時間というのは有限の貴重な資源で、どこの天文台へいってもスケジュールがぎっしり埋まっている。その点この観測所なら、往時は東洋一だった施設を比較的自由に使えるというわけだった。

その観測施設のある大ドームへ、百葉は水沢の後について、恐る恐る入っていった。

「……うぎゃあ」

変な情けない声が漏れた。

そこは瓦礫《がれき》の山だった。大ドームの東側をぶち抜いて、何かうすらでかいものが外から突っこんできており、音叉《おんさ》型の巨大なヨーク支持架を真っ二つにへし折って押しつぶしている。この観測所全体よりも高価だった二十五センチクーデ型コロナグラフは、切り倒された大木さながらにドームの北側壁にもたれかかっている。ドームパネルと鏡筒の白い破片が散らばり、切れた電気コードが垂れ下がって、真冬の高山の風にぶらぶらと揺れている。照明がこちら側の壁の蛍光灯だけなので奥のほうは暗いが、無事でないことは間違いない。

ひと目で全壊だとわかった。百葉はめまいがしてへたりこみそうになった。四十余年の歴史を持つ、文化財ともいえる観測機器が、これでパアだ。

「くっそお……どこのどいつだ、ぶっ殺してやる！」

口に出しては一度も言ったことのない、そんな罵声を吐いて怒りをかき立て、壁際のモップを取って前へ出た。大ドームを突き破った大きなものは、先端が紡錘形をした赤茶色の何かで、望遠鏡を支える一・二メートル角の頑丈なコンクリート柱であるピアに、鼻面をぶつけて停止している。倒れた望遠鏡と違って、そいつはひと目見ただけでは無事なのか壊れたのかわからないし、そもそも正体がまったく不明だ。しかもいまだにズン、ズン、と腹に響くような低い音を出している。

水沢が言った。

「なんだろうな、こいつは。おれには心当たりがひとつしかないが……」

「なんですか。宇宙ロケット？　外国のミサイル？　アメリカ軍の無人偵察機？」

「紫蘇《しそ》漬けにした大根」

「大根がアルプスのてっぺんまで飛んでくるわけないでしょうが！　それもこんな鯨ぐらいあるやつが！」

「じゃあなんだと思う？」

百葉は足を止めた。「大根」まであと二歩だ。そいつの太さはこちらの身長ほどもある。もしミサイルだとしたら、爆発した時点でアウトだろう。ミサイルでないとしたら――どうするべきなのか。

「おっちゃん、涙を飲んで逃げなきゃいけないの？　私たち」

「ヤバいもんだったらどっちみちダメだろ。外へ出なきゃならんし、そうしたら凍死だ」

「ヤバくないものだとしても、私の仕事はもう終わっちゃったよ。だから、これぐらいのことはしてもいいよね」

言うが早いか百葉はモップを振り上げた。「おい、待て！」と水沢が言うが、耳を貸さない。

「お仕置きだいこーん！」

渾身の力で殴りつけた。

木質と岩石の中間のような表面に、ずしっ、と意外に弾力のある手ごたえを感じたとたん――百葉は生まれて初めての奇怪な体験をした。

「大根」が何重にも重なった幻のように見え、同一人物がしゃべった何十人分もの言葉を同時に耳にしたような気になったのだ。

「まDやトなキんににすでひがなりゃはゲしまだんなごちべいなアらみでぐぜ」

「まDしトなガ＊ににすでひがびじゃリゲなまだAらごまべカなアク＊でぐぜ」

「わDしトラガ＊には大で＊がびじゃり＊な＊だAらごまべカなアク＊でぐぜ」

「わたし＊ラガ＊＊は大根＊がびじゃり＊な＊だAらい＊べカイアク＊で＊だ」

「わたし＊＊＊＊は大根＊＊＊じゃ＊＊な＊＊＊＊い＊＊カイアク＊＊＊だ」


「……なに？」

百葉は凍りついてしまった。押入れから見つかる親のカセットテープの音声みたいにひずんではいたが、とにかく言葉のように思われた。水沢と顔を見合わせる。

「聞こえた？」

「ああ」

「日本語みたいだった」

「さあな、何語だか」

「日本語もあったでしょ？」

「かもしれんが」

二人でモップを見て、大根を見て、うなずきあった。

百葉がもう一度振りかぶっても、水沢は止めなかった。

強く一撃。

「とぬはばだにこもめねGなからねにんろつなにくうぇめほPれぇねはてっう」

「わぬはばどにこもめねGたからねに＊ろつなにくえ＊めめPれぇ＊はてっう」

「わん＊ばど＊こも＊ねGたたかねに＊ろしな聞くえ＊めめPてぇ＊はえ＊る」

「なん＊＊度＊＊も＊＊＊たたく＊＊＊＊＊な聞こえ＊＊＊＊て＊＊＊＊る」

声とともに、また視界が幾重にも重なって揺らいだ。まるで自分がお寺にある鐘になったみたいだ。なんだろう、変な電磁波でも出てるんだろうか、と少し不安になる。

「『なんでも叩くな聞こえてる』？」

「『何度も叩くな聞こえてる』だな」

「何度も、か。そっか。日本人が乗ってるんですかね？」

百葉が首をひねると、水沢は「いや……」と言葉を濁したが、首を振った。

「呼びかけを続けよう。モップはしまって」

「あ、はい」

「だが触るなよ。皮膚がくっつくぞ」

「はい。っていうか寒い！」

百葉は身を震わせたが、中に人がいるのだったら早急に救助しなければならないから、大声をかけた。

「叩いてすみません！　大丈夫？　外へ出られる？」

「ひはすやまねくたなねらカイアクたはしきAもくたちねなくでねとかさめい」

「わはし＊ま＊く＊＊ねらカイアクたは＊き君＊くたち＊なくでねと＊さめい」

「わたし＊＊＊は＊＊＊＊カイアク＊＊＊＊君＊＊たち＊＊＊では＊＊＊ない」

『私は改悪、君たちではない』

「合ってると思うぞ」

「意味不明ですけどね。外国人か。やっぱり不時着機かな。おーい、出てきたら？」

「ざざならすかたねはNのってるしみない」

「だまなら＊かたねはNのってるめ＊ない」

「だか＊らなか＊には＊乗って＊＊＊ない、待て。ダケカンバ・モモハからの伝言を伝える」

「は？」

百葉はまた耳を疑った。大根に突然、自分の名前を呼ばれたからだ。いや、自分の名前を使われたというべきか。声質もかびの生えたカセットテープのレベルから、いきなりA

Mラジオぐらいにまで良くなった。

大根は言った。

「えーっと、私、聞こえるか。私、です。証拠はスマホのロック、5011。事態は徐々にわかると思うけど、最初に少し忠告しておく。今すぐ部屋へ戻って、屋外作業着に着替えてから、九十度のコーヒーをポットいっぱい作ること。そのあいだにトイレをすませること。これから天地がひっくり返る。それに耐えて……いや、何も耐えなくていいや、あんたは私だし。知ることすべてに驚いて。じゃ、がんばれ十日間」

大根は沈黙した。

百葉と水沢は黙ったまま、結構長いあいだ突っ立っていた。5011というのは確かに百葉のスマートホンのロック解除パスワードだし、そのことは態度で水沢にも伝わっただろう。

と思っていたら、やがて水沢が百葉の肩を叩いた。

「なあ、まさかとは思うが、今のはももちゃんの腹話術……ってわけじゃねえよな」

「私の⁉」

驚いて振り向いたとき、急に寒さが身にしみて、百葉は盛大に五発ほどくしゃみをした。

それから我に返って、何者かの忠告の的確さに身震いした。

「わかった、とにかく着替えよう。おっちゃんも、上着」

「そうだな。しかしその前に一つだけやっておこう」

「何？」

「おれたちゃ、科学者だろうが」

水沢がコンパクトデジカメを取り出したのを見て、百葉は自分のうかつさに舌打ちした。確かに記録は大事だ。事件現場でたった一枚撮られた写真が、一世紀残ることだってあるのだ。

だが、水沢がデジカメを構えたとたん、大根がもう一度声をあげた。

「になげてれすきしないなのもねだいまくろはにほれなならてまれなすまにこく」

「になげ＊せはきしない＊のもねだい＊くろはに＊＊ななら＊まれない＊にこと」

「に＊げ＊＊＊はしない＊＊も＊だい＊＊＊は逃げ＊＊＊ら＊＊れない＊＊こと」

「腹話術……じゃないようだな」

フラッシュが光る。大根の奥のほうの部分は相変わらずよく見えない。

防寒の備えをしながら考えた。あの大根はなんなのか？　さっきのメッセージは誰からなのか？　本当に自分からなのか？　そう思わせるトリックじゃないのか？　確かにそっとするほど自分の話し口調にそっくりだったが、あんなことを言った記憶はもちろんない。普通に考えれば誰かが合成したもののはずだ。

　そうではなく全部が本物だというなら……これはなんの事件なんだ？

　水沢がコーヒーだけでなく朝食まで用意した。栽培器から野菜を摘んで、冬季の観測所ではもっともヘルシーな料理である、カイワレどっさりのベーコンマヨトーストを作ってくれたのだ。百葉は有難くいただいた。

「食ったら今までのことを下へ報告してくれ。数行でいいから」

「了解。おっちゃんのコメントは？」

「負傷者なし。あとは任せる」

　日報の要領で十分かけて四百字のメールを書き、写真三葉をつけて国立天文台の上司へ飛ばした。電話で緊急連絡をするほどのことではないと判断した。聞かれてもまだ何か答えるほどの情報はない。

　それがすむとアノラックを着て手袋をはめ、撮影機材を担いで気合を入れて大ドームへ向かった。大根は消えてなくなりもせず、元の場所に横たわっていた。

「仰《おお》せのとおりに完全武装で来たよ。改悪ってどういうこと？」

「カイアク《KAIAK》は・私の・名前だ……自ら・悪くする・つもり・は・ない……」

音声はどんどん明瞭になりつつあった。百葉も「わかったわ、カイアク」とその呼び方を使うことにした。

「あなたは何者？　どうしてここにぶつかったの？　中から出てくる気はないの？」

「私はいま、動くことができない……衝突事故を起こして動きを封じられた……」

「誰も封じてなんかいないわ。あなたのそれの頭が動かないのは、あなた自身が北ピアに頭を押し当てているからよ」

「違う、封じられたのはここではない……そして今でもない……私たちはこれから協力して、私を束縛するものを取り除かなければならない」

「その中で挟まって、抜けられなくなってるの？　カイアク。とにかく出てきて、顔を見せてほしいんだけど」

後ろで水沢が首を振り続けているのはなぜだろうと思いながら、百葉は少しでもカイアクの正体を知ろうと、食い下がった。直後に、自分があることから意識的に目を背《そむ》けていたことに気づかされた。

「私は生き物だ。これが私だ。私は乗り物じゃない」

外殻を震わせてそんな発言をするとともに、赤茶色の紡錘形が一度、びくんと痙攣《けいれん》した。

「生き――」

百葉は絶句した。

うすうすそんな気もしていたのだ。そもそも、最初に水沢が大根と形容してからすぐ、大根大根と心の中で呼び続けたのは、その通り、相手が生物であることを連想させる姿をしていたからだ。

しかしまさか本当に生物だなんて。空を飛んで天文台に刺さる、そんな生物は存在しないはずだ。百葉の知識体系には含まれていない。それが不完全なものであるのは確かだとしても。

とすると……。

「カイアク、あなたは……宇宙から来たの？」

荒唐無稽だと思いながらも、答えがイエスだったらどうしようと、期待してしまいながらの質問だった。子供のころにだけ使っていた、心の片隅の部分がうずく。

しかし返事は不可解なものだった。

「私が来たのは泉の下流だ。これは流れの途中で止まっている状態だ。こうして話すのはとても不自然で難しい。だが……」

また、百葉の前で光景がぶれる。いや、現実そのものが多重写しになる。

「マクロ的な意味で、君たち人間が時間という一次元のパラメーターに束縛されながら、縦横高さの三次元パラメーターを操作するように、私は空間における一次元のパラメーターに束縛されながら、時間を含む三次元パラメーターを操作する生き物だ。私と君たちが生きるのは同じビッグバンから生じた同じ宇宙だ。ただ、宇宙における在り方が根本的に異なる。宇宙から来たのかと問うなら、答えは多分こういうものになる。『イエス以上』」

「ごめん、もう一回お願い。いえ、あと三回」

カイアクの答えは単に難解であるだけでなく、これまでで最多の虚像と多重音声を伴っており、おそろしく聞き取りづらかった。百葉たちは彼の説明をデジカムに録り、生で三回聞いたあと、さらに三回再生して聞き取ろうとした(機械ではこの奇怪な状況を収録しきれないのではないかと恐れたが、そんなこともなかった。デジカムのビットレートとダイナミックレンジの許す限りの、錯綜しきった動画が撮れていた)。

「つまり……あなたは時間旅行機《タイムマシン》、いえ、時間旅行獣《タイムビースト》？　みたいなものなの？　未来から来たの？」

「時間についての君の観念が単純すぎるので、イエスと言えない。私たちはビッグバンから未来へと全方向に広がる『泉を泳いでいる』」

「ぐあー」

百葉はうめき声をあげて天を仰いだ。未知の概念を連発されすぎて、脳の許容量を超えたのだった。

水沢が腕組みしてうなる。

「なんだか大変な話になってきたな」

「チョコレート分が猛烈に足りません。おっちゃんわかるの？　落ち着いてるけど」

「わからん、完全に専門外だ。だから平気なんだよ。違う質問をさせてくれ。カイアク、あんたはさっきから何度か、束縛されている、止まっているなんて言ってるが、するとドームをぶち破ったのは不本意な状態なんだな」

「ああ、そうだ。キヨシ」

「おう、おれにもちゃんと返事をしやがる……だったらだな、カイアク。事故だということで、とりあえずお互い敵対はしないと取り決めないか。さしあたりおれと、この百葉は仲間だ。攻撃せんから、攻撃するな」

「攻撃って、おっちゃん！」

「いや、必要なことだろ？　こいつが猛獣か、でなくても肉食だったらどうする？」

百葉は口を閉ざした。そんなことは考えもしなかったが、言われてみれば何よりも重要に思えた。生き物は他の生き物を食う。こいつがバクンと口を開いて襲いかからないという保証は、今まで何もなかった。

「攻撃しない。捕食もしない。別れるまで傷つけずに付き合うと約束する」

「よし、ならばこちらもコロロギ岳観測所長として、正式に一時滞在の許可を与えよう。

この建物の外は国立公園でまた管轄者が異なるし、空は自衛隊の縄張りだ。出るんじゃないぞ」

「趣意はわかった」

　水沢が横目でニヤリと笑ってみせたので、百葉は度肝を抜かれた。おっちゃん、権力で未知の時間生物を足止めしてしまった。年の功とはこういうものか。

「ゆっくりしていってくれ。ももちゃん、続けて」

「あ、はい。……って言ってもなあ」

　百葉はうーんと考えこむ。前代未聞のファーストコンタクトのはずだが、起こる出来事がとっぴ過ぎて、知っている手順を当てはめられない。だいたい、こういう場合はまず素数とか原子番号の伝達から始めるんじゃないか？

「カイアクはどうして私たちの言葉がわかるの？」

「試行錯誤している。『ばぐDら』と言って君たちが反応しなければ無意味な言葉、『肉食動物』と言って恐れを抱くようなら危険な概念。会話が成立するまで呼びかけを繰り返している」

「はあ？」と口を開けてから、あっ、と思い当たった。「さっきから難しい話になると、どうも周りがごしゃごしゃすると思ったら、あなたが何かいじってるの？」

「話が通じるまで『同じ時刻に重ねて』こちらが発言を繰り返しているんだ」

「それってものすごく大変なんじゃ……」

「そうだ、とても不自然で難しい」

「そういうこと、なんだ……」

理解できたような気になって百葉は何度もうなずいたが、科学的な訓練を受けていたおかげで、自分がまだぜんぜん理解していないことだけは気がついた。本当にわかったと言えるのは、他人に聞かれたときに説明できる場合だけだ。

「あなたは私たちと会話するたびに、会話の終わりから最初へ何度も戻って、話を繰り返している……」

「違う。戻るも進むもない。私はここに墜落したその瞬間に鼻先を置き、未来のある一点に尾を置いて、『このあたりの時間に』横たわっているんだ」

「ああう？　どういうこと？」

「ももちゃん」

水沢が指差したところを見て、百葉は、はっと息を呑んだ。

カイアクの、大根を思わせる先細りの先端が、人間の胴ぐらいまで太くなっている。いや、太ったのではない――もやもやしてはっきり見えないのだが、北ピアに接する部分で、包丁で切り落としたみたいに断端になっているようだ。

「カイアクが進んで、柱にめりこんでる？」

「いや、こりゃあ……こいつの説明どおりなら、『おれたちの時間が』、カイアクの胴を通り過ぎつつあるんじゃないか？」

「なにそれ!?」

「カイアクは時間的に動けなくなってるんだろ？　でも、おれたちは時間の流れる世界に住んでるだろ？　つまり——ＣＴスキャンみたいなものが思い浮かぶんだが。おれたちがスキャナーってわけだ」

「私たちの時間が、この大根をだんだん呑みこんでる……みたいな感じですか？」

「そうだ、モモハ。ひとまずそう考えてくれ」膝を打ったような口調でカイアクが言った。

「一部大きく間違っている理解でもあるが、来たる現象的にはその通りだ」

「来たる現象って、何か起こるの？」

「起こる。いいたとえを持ち出してくれた。君たちの時間に通過されつつある私の胴は、もっとも太いところで直径一万八千キロある」

百葉は一瞬ぽかんとした。ついで、ぶふっと噴き出した。

「なに、ええ!?　一万八千キロ？　地球より太いんですけど！」

「そう、八年ほどでその太さに到達する。でも八年といわずとも十日も経てば、この施設に収まらないほどの太さにはなる」

「大変じゃない！」百葉は悲鳴をあげる。「そんなのやっぱり出て行ってもらわないと！」

「そうだ、私は出て行かねばならない。でないとこの楔を壊してしまう。指示に従ってくれ、モモハとキヨシ」

百葉は少し、ムッとした。困っているのはわかるが、人のうちの貴重な文化財を壊しておいて、指示に従えというのは横柄じゃないか。

水沢もきっとそう思ったはずだが、冷静に話を継いだ。

「聞いてやろうじゃないか、時間大根のカイアク。おれたちにどんな指示を出すつもりだ？」

「私の尾が何かに引っかかっている。あまりにも体の末端のほうなので、よくわからない」

彼の次のひとことがもたらした不思議な思いを、百葉は生涯忘れなかった。

「尾の先は二一七年先の木星前方トロヤ群にあって、おそらくそのそばに人間がいる。彼らに、私の尾を解放しろと伝えてくれ」

A.D.2231　588-Achilles

　こうこうと輝く天井灯をほとんど覆い隠すほどに、鬱蒼《うっそう》と緑の生《お》い茂った反応炉サービスステージ。いくつもあるオペレーター席の一番端で、パーカーに似た気密服姿の二人の少年が、人目をはばかるように肩を寄せ合っている。右と左には番兵代わりの線量計を置き、柔軟性のある透明フード越しに、青と緑にほんのり脈打つホログラムインターフェースを、彼らは覗きこんでいた。

「よしっ……これで、なんとか……」

　寄り目になって熱心にアイコン群を操作していたリュセージが、指を鳴らしてコマンドを発した。アキレス号模式図の内外に散らばっていたアイコングループのあいだを、一瞬、情報的接続を示す明るいラインがつなぐ。二人は息を止めてコンソールのスピーカーを見つめる。

　だが、そこから流れ出したのは、二人が期待したアキレス警察緊急通報係の返答ではなかった。いきなり電子楽器の大音響がフロアに響く。ノリと勢いだけの歌詞を叩き付けるような男性ボーカルの熱唱がひとしきり続いたのち、女性ナビゲーターが落ち着いた上品な声で告げた。

「……民主歌唱体トロピカル・トループスの新曲、『金星嵐でブッ飛んだ』でした。外太陽系最新のナンバーをお届けするメトロ588。続いてはデビュー三十周年を迎えたミステリアスな歌姫インホー・レジャイナの一曲、『エンブレイシング・コンティニュアム』」

「なんだ」

メロウなイントロが始まって、ワランキは眉をひそめる。リュセージが、はあと肩を落とす。

「……FMラジオか」

「FM？」

「配信。おれ夜よく聴いてる」

「じゃ、ネットつながったんだな？」

「つながってねーよ、そういうんじゃない、FMは」

「つながってないのに配信が来るのか？」

「有志による周波数変調超短波公共放送なんだよ、見通し空間への直達通信なんだよ、そういう伝統芸能があんの！　アキレスにも！」

リュセージは半分キレかけてわめいた。ワランキは相棒の剣幕を避けるように頭を十センチほど引いて、冷静に答えた。

「つまり、この人に電話はかけられない？」

「いやかければかけられるけどそれはそういうコーナーの時だけで……って違う。そうだよ。無理。かけらんない」

「じゃあ無意味だ」

「まーな。BGMになるって以外は」

二人はがっくりと肩を落とし、へたりこんでコンソールにもたれた。

少年たちが宇宙戦艦アキレス号の主反応炉区画に閉じこめられてから、六時間が経っていた。

最初の一時間は高をくっていた。水と酸素があっさり見つかったから、別の出口もすぐ見つかると思った。

続く四時間はひたすら歩き回って無為に消耗した。この反応炉区画は恐ろしく広くて複雑で、リュセージですら全貌を把握していなかったし、見つけたいくつかの出口にしても、当然ながら施錠されていた。夜の十一時を回って、未成年の二人がどう言い訳しても保護者に対してトラブルがあったことを隠しきれなくなった時点で、腹をくくって助けを呼ぼうとした。

そのとき初めて、外部と通信できなくなっているのに気づいた。

正確には、入室してすぐにワランキが情報検索しようとしたとき、すでに回線は切れていたのだが、一時的なものだと思って無視したのだ。それがただの不調ではなく根本的な障害によるもので、宇宙戦艦の構造材が電波を遮《さえぎ》っているのだということにようやく気づいたのが、日付の変わる三十分前だった。

最後の一時間は、反応炉サービスステージの設備を使って外と連絡をつけようとする努力に費やされた。シャットダウンされ、ロックをかけられ、ハードウェア的にも十五年分劣化した設備を再び起動させて、リュセージは奮闘した。その甲斐あって、どうにか通信方法らしきものを見つけた。

しかし、それを実行した結果が、ただのラジオ放送の受信に終わったというわけだった。

頭の上で哀切な歌声が舞い、フードを通して染み入ってくる。ワランキは木漏れ日のような人工光が降り注ぐ梢を見上げて、力なくつぶやく。

「なんで電話のひとつもないんだよ、このボロ船」

「アキレス号をボロっていうな」ワランキのわき腹を小突いてから、リュセージもぼやく。

「仕方ねーよ。普通、軍艦の通信は通信室を通すもん。機関室から直接外部へ連絡しなくちゃいけないケースなんて、きっと想定外だ」

「通信室へ行けないのはわかるが、遠隔操作とか何かないのか」

「思いつくことは全部やった」

「電源をオンオフして、船の外の照明をピカピカとか」

「電源は電線で外から来てる。ワランキ、自分で言ったじゃん」

「そうだったか……でかい音たてたら町まで届かないか?」

「もしそれが可能だとすると、船の外のでかい音も船内まで響くってことになるけど、宇宙戦艦の装甲が、そんな安アパートの壁みたいな作りでいいと思う?」

「やってみなくちゃわからん」

「その音が町に届くより先に、おれたちの体が破裂するよ。てか、次におまえは何か爆発させようって言い出すと思うけど、それやるんだったら、入ってきたハッチを吹っ飛ばす方向で考えてみてよ」

「あのクソ頑丈そうなハッチを吹っ飛ばすのは骨だな。酸素ボンベの五つや十で通じるかどうか……」

「だろ。だけど、それ以外の場所は全部ハッチより頑丈だからな」

リュセージはふてくされて口を尖らせた。それでワランキもおおむね状況を飲みこんだ。

「そうすると、まあ……待つしかないのか」

「待つって何を?」そう言ったリュセージが、ふと水色の瞳を細める。「最期を? ふざけんなよ、おい」

「なんだよ」

「冗談じゃねーよ、おれやだよ、閉じこめられて死ぬなんて。絶対に嫌だ」

「ああ、わかった、わかったからちょっと」

「待つなんて言うなよ、まだ何かできるって！」ワランキの制止も無視して、リュセージは膝立ちになる。「出口と通信はだめだったけど、まだ壁に穴……開けるとか、食い物……見つけるとか」

ワランキは何も言わずに見上げる。今リュセージが言ったことは望み薄だとわかったばかりだ。彼の肩は細かく震えている。天井灯がまぶしくて顔がよく見えない。

「なあ……出られるだろ？　おれたち……！」

ひょっとして、とワランキは思い当たる。こいつは、自分もあんなふうになると思ったのか。

「おれたち、外へ……」

リュセージは声を詰まらせてうつむいた。かと思うと、ひっくひっくと嗚咽《おえつ》し始めた。顔を拭きたそうに腕を動かすが、透明フードが邪魔だ。天体アキレスの重力は弱いので、涙はこぼれもしない。

そのうちにとうとう、うわああん、と声をあげて泣いてしまった。

「リュセージ……」

ワランキはちょっと驚きながらも、まあ当然か、と思った。こいつは昼に一度きつい仕打ちを受けた。そこから逃げてきた船の底で、初めてではないにしろ、祖父の遺体とじかに対面した。その上、得体の知れない生き物がいそうな廃船の中を足を棒にして五時間歩き回り、さらに一時間、話の通じないコンピューター相手に問答して、結局報われなかった。

これで神経がまいらなかったらそのほうがおかしい。

「しょうがねえなあ、もう」

声に出して言いながらワランキは自分の透明フードを開放した。水と腐った木の匂いに「うわくっせ」とつぶやきつつ、眼鏡を外して黒髪の頭を振る。そしてリュセージの首元にも手をやって、フード開放のスイッチを押し、引き寄せて赤毛の頭を抱きしめた。

「おら落ち着けよ、泣き虫が」

「ワ、ワランキ!?」

リュセージは目を丸くして硬直する。そのあごに手を当ててクイと仰向かせると、ハンカチを取り出してぐしゃぐしゃの顔を拭いた。

「え、ちょっと、いいって」とリュセージはもがいて顔を背けようとする。

「ちょっとじゃねーよ、おとなしくしてろ。おまえ、働きすぎたんだよ。少し休め」

「じゃなくって、フード、フード！」

「植物あるんだから息できるだろ。てか大丈夫って言ったの、おまえだ」

「でも、放射線も……」

「知るか！」いい加減、逆ギレしかけて、それでもちらりと左右においた線量計に目をやった。「五分や十分で死ぬ線量じゃねーよ。外でたら病院でなんとかなるだろ。遺伝子治療で」

「それはっ、出られたらだろ⁉　外へ！」

リュセージがハンカチを振り払って腕にしがみついた。ワランキは手を止めて、この反骨心あふれる少年があえて考えないようにしていることを、指摘してやった。

「おまえが帰らなかったら、おまえのおばさん、どうすると思う」

「どう……って」

「通報するだろ、警察に。警察がおまえを捜す。ヴェスタ軍にも照会が行く。ヴェスタ軍が反乱対策に仕掛けた、アキレス全域の監視カメラの記録を調べれば、遅かれ早かれ結果が出る」

ワランキは重々しく告げた。

「ヴェスタ軍が助けに来るんだよ、ここへ」

「……そんなぁ……」

リュセージが情けなさそうに眉をひん曲げた。

「悔しいか。悔しいよな、僕もだ。僕たちは、おまえの爺さんみたいに格好良く死ぬこともできないんだよ。ヴェスタ軍がいるから」

「くっそおっ……！」

「ほれ鼻」

ワランキが当ててやったハンカチで、リュセージがずびーっと洟をかんだ。それからハンカチごと引ったくってあっちをむいた。

しばらくごしごしやってから向き直る。鼻も頬も赤いが、いくらかましな顔だ。決まり悪そうに言った。

「悪い……後で洗って返す」

「ん」

気にするな、というようにワランキは手を振った。

それからまたずるずると床に体を伸ばして、二人でコンソールにもたれた。今度はフードを外しているから、さっきよりも楽だ。

「仕方ないから、ちょっと寝るか？」

「うん……でも歯磨きしたい……」

「僕はしっこしたい。ちょっとしてくる。おまえは？　今日うんこした？」

「そういうのいちいち言わなくていい」

ワランキは起き上がって通路へ出た。戦艦のもともとのトイレは配管から這いこんだ木根のたぐいでジャングル化しているので、フロアの片隅の小倉庫をその用途に使おうと、リュセージと取り決めてあった。

入り口を開けたまま倉庫に入ると、後ろでドアがバタンとしまった。

「っだよ、わざわざドア閉めるぐらいならついてくんなよ」

ワランキは舌打ちして隅で用を足す。それがすむと部屋の中を見回した。そこにはラックがあって道具が積まれていたのだ。調べると大型のレンチがあった。閉鎖された区画ドアを外せるかもしれない。

それを手にして倉庫を出ると、横手にサルがいた。

「おっ……!?」

ワランキはびくりと身を硬くして、壁に背中を張り付かせた。

小さな仙人のようなサルだった。ヒゲのような白い毛に縁取られた、バナナ色の顔をしている。灰色の毛皮に身を包んでおり、足だけがいやに赤い。

そいつが、スリムな手足を動かして、三メートルほど先を四足でうろうろしながらこちらを見ている。そんなところに何かいるとは思わなかったから、ワランキはひやりとした。

子供のころ動物図鑑を見たことはあるが、なんというサルかまではわからない。そいつの目が気になった。黒くていやに艶があり、こちらに吸い付いてくるようだ。

とと っ、と走ったそいつが身軽に飛びかかってきた。バサンとワランキの肩にしがみつく。

「うわっ⁉　なんだ、この！」

　そいつは上下さかさまになり、こちらに尻を見せつけながら腰の横をぐしゃぐしゃとまさぐった。サルにしては奇妙な、焦げたような匂いが鼻を突く。鋭い爪の先が食いこんで痛みが走り、ワランキは右手のレンチを振り回した。

「この野郎！」

　殴りにくい位置だが、とにかくレンチの柄《え》がサルの肩に当たった。ぴょん、とばね仕掛けのように飛んで離れ、サルはギーギー鳴きながら角を曲がって駆け去った。

　はあはあと息を荒くして、ワランキは突っ立っていた。胸がどきどきしている。

「なんだ、あれ……」

　腰の横を見ると、パーカーのポケットの縫い目が引き裂かれていた。肩のところは少し穴まで開いたようだ。気密が破れてしまったから補修しなければならない。ワランキはまた舌打ちした。

　そのとき、あることが頭に閃いた。

「リュセージ！　リュセージ！」

「ワランキ！　ワランキ！」

　叫びながら機関制御室に戻ると、リュセージも同じように叫びながら出てきた。どしん、と胸元にぶつかってきたそいつを、うぐっとたたらを踏んで受け止めて、ワランキは尋ねる。

「おまえ今、こっちに来た？」

「え、来てないけど？　それよりワランキ、こっちこっち早く！」

それで誰が倉庫のドアを閉ざしたのかわかった。きっとさっきのサル公だ。おそらくは、自分たちをここに閉じこめた犯人もそうだろう。

でも、サルの出現を話したら、どう考えてもリュセージの心配事を増やしてしまう。黙ったままワランキは袖を引っぱられていった。

「聞いて！　録音しといたから！」

リュセージが自分の携帯端末で再生したのは、ラジオ番組のメトロ588だった。なんだもう、と言いながらワランキは耳を澄ませる。じきに妙な顔になって、リュセージを振り向いた。

「何、これ」

「何これって！」

リュセージはさっき泣いたことなど忘れたように目を輝かせている。ワランキはやや返事に困ってしまう。

聞かされたのはメトロ588のトリビアのコーナーだった。

「……悪の根を摘み取り、過去を清めようとする奇妙な教団『ケイアックの蛇』。実はこの人たちが唱えるケイアックの奇跡、驚いたことに、歴史上の事実なんです。今からおよそ二百年前の西暦二〇一四年、グラン・アースの島国ニホンで、高い山にUFOが墜落しました。アナイデンティファイド・フォーリン・オブジェクト。当時の人々は驚き、世界中と連絡を取り合って、この物体を調べました。私たち誰もが見られる百科事典《ペッド》に残されているその記録によると、UFOは未来のある時期、木星前方トロヤ群に捕らわれるはずの仲間を解放してやってくれと、依頼したそう。その時期というのが、なんと今年——西暦二二三一年なんですね」

二人は顔を見合わせた。女性ナビゲーターがくすぐるような魅力的な口調で続ける。

「この不思議な話が本当はどういう意味なのか、ペッドは何も語っていません。二百年前の科学者たちにはわからなかったみたい。そして今の科学者にも。番組でお話をうかがったアキレス大学理学部の先生は、昔の話だからねえと笑っておっしゃるだけでした。科学者も首をひねるUFOのお仲間。そんなものが今年、アキレスには来ているのかもしれません。ひょっとしたらあなたの隣にも。もしお友達の背中にファスナーがついていたら——

——え、あらっ？」

突然、音声は不自然に途切れた。マイクを押さえたらしいザラザラいう音、ガタガタと道具や椅子の動く音がしたかと思うと、もう一度ナビゲーターの声がした。ふてくされているみたいだ。

「メトロ588、突然ですけれど今夜はここでお別れです。スタジオに素敵なお客様がいらっしゃったので――ええ、はいはい！――この続きは残念ながらまた明日。シーヤ！」

終了のジングルが入って音声は途絶えた。ワランキは小さくうなずく。何が起こったのかは勘でわかった。

「検閲入ったな、ヴェスタ軍だ。この姉さんはなんて言ってたんだ？　録音始める前に」

「『ケイアックの蛇』っていう宗教団体がやってる慈善活動がんばれって。ヴェスタ人の規制をかいくぐってやってるらしい」

「ああ、そりゃ引っかかる。トロヤ人はいま、団体活動は全部許可制だからな。なんだ、おまえもやりたいのか」

「そうじゃなくて！」

リュセージは、ぐっとワランキの胸元をつかみ寄せてにらんだ。生気が戻った水色の瞳がひどく綺麗だ。その目をふと細めて、サルにしがみつかれた肩口を見つめる。

「服に穴開いてる。どしたの？」

「ああ、ちょっとな」

「危ないよ、後で直してやる。じゃなくって！　いいか、『ケイアックの蛇』はこういう主張をしてたんだ。――この世には長い長い蛇のケイアックがいる。ケイアックは時間をさかのぼる。蛇の長さは二一七年。頭は昔、しっぽは今。今年まさに蛇の尾がアキレスにある。蛇の尾は岩に挟まっている。その蛇を解き放たねばならない。なぜならば、それが幸せの蛇だからだ。幸せを過去へ送って大きく育てないから、われわれは不幸になった。善行を積んでやり直そう。不幸な過去を塗り替えよう」

「どん引きだ、説教臭い。僕はそんな後ろ向きの人生訓に染まったりしないし、おまえにも染まってほしくないぞ」

「だからそうじゃなくて！」

もどかしげに床をバンバン叩いて、リュセージは力説した。

「ばかでかい蛇の尻尾を何かが押さえこんでるって！　そこだけ！」

「……あ、ああ」

はっとワランキは思い出した。この閉鎖された不吉な空間で見聞きした物事の中で、もっとも奇妙でもっとも巨大なもののことを、今まで忘れていた。

いや、あまりにも意味不明で正体不明だったから、見なかったことにしたのだ。

赤茶色に宇宙風化した、横たわってなお見上げるほどの大円筒。蠕動し、尺を取ろうとするそれに、びっしりとまとわりついた、上方を目指す熱帯樹の群れ。

「下のコアステージの……あれのことか？」

「じゃないか？　じゃないか？」

リュセージは目を輝かせている。ワランキは眉根を寄せて聞き返す。

「だったら何が嬉しいんだ？　あれがばかでかい宇宙……生物だか、ＵＦＯだとしたら？」

「助けを呼べる」

「……なんだって？」

いぶかしがるワランキに、リュセージは勢いこんで話した。

「ＵＦＯは昔の人と話したんだよな？　おれたちの前にはわけわかんないでかい蛇がいるよな？　そして『ケイアックの蛇』の人たちは、それが一匹の蛇だって言ってる。これ全部本当だったら――蛇を通じて外と話せるじゃないか！」

「おっ……まえ……」

ワランキは一瞬言葉に詰まってから、罵倒した。

「馬鹿かこのすっからかん！　頭、彗星コマか！　中身スカスカか！」

「えっ何その悪口初めて聞いた。じゃなくって、なんでだよ。どこかおかしい？」

「全部おかしい！　ＵＦＯが落ちたのは伝説だし、コアステージのあれはただの伝導チューブかもしれんし、なんとかの蛇の言ってることはたわごとに決まってるだろうが！」

「そうか？　でもおれの爺さんは本当に逃げてなかっただろ？」

ぐっ、とワランキは詰まった。受けにくいところへ打ち返してきやがる、と内心でつぶやいてから、別の角度で打ち返す。

「じゃあ仮に全部本当だとしてやろう。それでも意味ないだろうが！　蛇にメイデイを伝えて、蛇がメイデイを伝えるのは、二百年前の連中だぞ。そいつらがどうやって僕たちを助けてくれるっていうんだ？」

「さあ？」リューセージは首をひねったが、あっけらかんと言い返した。「でも馬鹿じゃないはずだろ？　二百年前の全世界の科学者だぞ。なんとかしてくれるんじゃない？」

「おっま……」

この馬鹿がどんな馬鹿なことを言っているのか、馬鹿にわかるように言ってやらなければならないので、ワランキはかなり長いあいだ、言葉を探して考えこんだ。

考えた末に賢い彼が出した結論は、どうも馬鹿をいさめる言葉は見つからないようだぞ、ということだった。

「……まあ、やるだけは、やってみてもいいか……」

「やる？　よぉぉっし！」

落ちこんだ反動なのか何なのか、えらいテンションで喜ぶリューセージに、ワランキは冷静に釘を刺した。

「やってはみるけれど、今から三十分だけ、と区切っておこう」

「なんでだよ！」

「理由は二つだ。コアステージは線量が高い。寝ないとまずい」

「……うん、そうだな」リュセージはおとなしくうなずいた。「その通りだ、そうする。おれたち、今日はもう疲れてるもんな」

「とりあえずこいつをなんとかしてくれ」

ワランキは気密服の穴を指差した。リュセージが嬉々として補修キットを取り出して、塞いでくれた。

「で、どうやって話しかける？」

「うーん」

穴に接着したパッチをごしごしこすっていたリュセージが、ふとワランキの持ち物に目を留める。

「なんだ、それでいいじゃん」

「……ああ」

ワランキは大レンチを振り上げた。六十センチはありそうだ。

フードをかぶりなおして、蒸気の立ちこめるコアステージへ降りた。問題の太い円筒に改めて近づくと、もうそれはどう見ても、ワランキが口にした伝導チューブなんかではなく、うすらでかい蛇だとしか思えなかった。周りをうろつくと、先端と後端が不自然な輪切りになっていた。どう不自然かというと、細かく振動でもしているかのように輪郭がぼやけて、目を近づけてもはっきり見えないのだ。断面にレンチを押し当てると、弾力をもって押し返された。

「これが……ケイアックの蛇？」

「尾にしては変だな。どっちにも先っぽがないぞ」

「まあそれはどうでもいいけど」

リュセージが振り向いて、自分の携帯端末を掲げてみせた。その画面に、上であらかじめ作っておいた通信文を表示させる。

「さっさとやっちゃおう。はいこれ」

「ああ」

ワランキは画面を見ながら両手でレンチを構え、蛇の体を叩いたり、引っかいたりし始めた。

「どんどんずーずーどんずーずー、と。おい、これ意外と体力いるぞ」

「だろうね、た、頼んでよかった、はは、あははは」

「何がおかしい」

「ワランキ、壁磨きのパントマイムみたいだよ、それ」

「おまえがやれって言ったんだろうが！」

通信文は原文をワランキが考え、リュセージがそれをコード化した。内容は簡単なもので、二回繰り返しても十分で収まった。

それがすむと、疲れ果ててサービスステージへ戻った。

「なあ、おまえ、今ので本当に通じると思うか？」

「通じればいいと思うよ」

リュセージは端末を覗きこみながらワランキの後を歩いていたが、あっと声をあげた。

「ワランキ……ごめん」

「なんだよ」

「今の通信に使ったコードだけど、百科事典《ペッド》によると、二十世紀に廃止されたって書いてある」

「なに？」ワランキはじろりと険悪な目で振り返る。「通信のあて先って……二〇一四年だろ？」

「うん、二十一世紀だね。うっかりしてた」

それじゃ、だめじゃないか、とワランキは声をあげたくなった。だが、リュセージがまた落ちこんでしまうのは見たくなかった。

「いや、届くだろう、届くよ。ひとまず今日は寝るぞ！」

「うん」

マングローブの絡み合う階段を二人は登っていった。

西暦二〇一四年　北アルプス嘶咽木《コロロギ》岳山頂観測所　二月

「二一七年先の人間に……話を伝えろっていうの？　私たちにそんな技術はないんだけど」

タイムマシン的なものを想像して、百葉は言った。だが、カイアクはすぐに切り返してきた。

「君たちは二百年前に書かれた本をいくらでも持っているだろう。なら、二百年先まで話を伝えることもできるはずだ」

「ああ、書いて残せってこと」

百葉は納得したが、それでもまだわけがわからなかった。

「で、どんな話を残せって言うの？」

「それを君たちに考えてほしい」

「なんで大事なドームと望遠鏡をぶっ壊したあなたの指示に、従わなきゃならないの？」

カイアクが少し間をおいて、ぼうんと低い音をたてた。大きなため息のような音だった。

「繰り返し説明するから、よく聞いてくれたまえ。この件は二つの問題が組み合わさっていて、両方解決しなければならない。ひとつは私のしっぽが器物に挟みこまれて、動けなくなっているということだ。力ずくで引きちぎることはできるが、その反動でしっぽの先がある時空の周囲をはたき壊してしまうだろうし、おそらくこのあたりの地球も壊してしまう。私はそんなことをしたくない。また、君たちもしてほしくないと思う」

「うん――そりゃ当然してほしくない」「だな」

百葉と水沢はうなずいた。カイアクが続ける。

「もう一つの問題は、私の尾の先にいる二人の人間が、何かの施設の中に閉じこめられており、出られないということだ。彼らは生命の危機にある」

「なんですって!」

百葉は身を乗り出した。

「そういうことは最初に言ってよ! あなた、助けてあげられないの?」

「残念ながら私の尾の先は、この頭部ほど繊細にできていない。君たちの足の先みたいなものだ。足の先をひもでがんじがらめにされているとき、周りをうろちょろする蟻を潰さずに、ひもを引きちぎれるだろうか」

「ううん――」想像して、百葉は首を振った。「それもやってほしくはないな。ぷちっと潰してからごめんって言われても困る」

「だからその二人を、君たちに助けてやってほしいんだ。文書を残すなど、人間に可能な方法で」

「ふむ、それならわかるな……」

「そして同時に、私の尾を押さえつけている器物を取り除いてくれ、と指示してほしい。その代わりに、私は君たちに情報を渡して、彼らを助けるのに協力する」

「なるほどなるほど」

聞いてみれば、妥当な話に思えた。だが、ふんふんうなずきながらちょっと上を見ると、ぶち抜かれたドームが目に入って、やる気が半減した。

「私たちへのご褒美《ほうび》はないの？　損害賠償しなさいよ、これ」

「賠償の必要はない」

「なんでよ！」

百葉が腹を立てると、カイアクはまたしても不思議なことを言った。

「時の泉を遡る私が、君たちの楔に誤ってぶつかってしまったから、こういうことになっている。今話しているこの作業が成功して、私の尾が抜け、頭部を引き抜くことができたら、この事件は発生しなかったことになる。楔は自然に元に戻るだろう」

「どういう意味よ！　その、クサビって何？」

「君たちのことだ。拡散する可能性総体だ。一点に始まり、未来へ向けて太っていく。種子と花、と呼んでもいいな。君たちは時間の泉に散らばる無数の種子だ。すべての時点で芽吹いており、未来へ向かって花開いている」

「え、ええ――……」

百葉は混乱し、情けない顔で水沢を見る。水沢は無精ひげでざらついた顎をじょりじょりと撫でていたが、言った。

「証拠はあるかい。カイアク、今のところは、あんたの話を真《ま》に受ける根拠がない」

「証拠はある。私は時の泉から君たちを見ているから、君たちの過去も未来も見えている。メモを取ってくれ」

「メモ？　ちょっと待て」

準備をすると、カイアクは言った。

「裏・表・表・表・表・裏・表・裏・裏・表・裏・表・表・表・裏・表・裏・表・表・不明だ」

「なんのことだ？」

「コインを投げてみろ」

命令形には腹が立ったが、百葉は言われたとおりにした。食堂の募金箱から十円玉を抜き出してきて、コイントスを始める。

十九回続けて彼の言ったとおりになった。二十回目にコインはチャリンと落ちて、床のひびにするりと入りこんでしまった。裏か表かは、わからなかった。

水沢がぽつりと言った。

「偶然ってこともあるよな」

「それに、コインを操ったのかも」

「確率一〇四万八五七六分の一以下の偶然が起こったと決めつけたり、目に見えない未知の操作を仮定する必要はないだろう。私は知っていることを述べたんだ」

「信じます?」

百葉が尋ねると、水沢は腕組みしてふんと鼻を鳴らした。

「傍証として追試があるまで積んでおこう」

「そうですよ、大体こんなことしてる場合じゃないでしょうが」百葉は大事なことを思い出す。「二人の人が！　閉じこめられてるんだから、早く助けないと！」

「水を差すようだが、別に急ぐ必要はない。二人が閉じこめられるのはずっと未来で、まだ生まれてもいないからだ。急ぐ代わりに、それまでの時間をしっかり使って、確実な手立てを考えてくれ」

「なんだ、そうなの」

百葉はがっくりきてしまったが、やる気をかき集めて尋ねた。

「じゃあ、その二人は誰なの？　どこにどんな様子で閉じこめられているのか、詳しいことを教えてよ」

「もちろん教えたいが、その前に手続きというものがある」

「手続き？　いきなりお役所みたいになったな」

国立天文台職員である自分たちのほうが役人なのだが、そんなことは思い出しもせずに百葉はつぶやく。カイアクが言った。

「未来の二人が、信号を送ってきた。それを伝えるから、受け取ってくれ」

赤茶色の桜大根は二人の前で、どんどん、ぶるぶる、と妙なリズムの振動を始めた。しばらくそれを聞いていた百葉は、水沢と顔を見合わせた。

「おっちゃん、これって……」

「ああ」

「ドットとハイフン」

「トンツーだろ。若い子だとそうなるのか。きっとモールス信号だよ。メモっといて」

「はい！」

百葉は信号をノートに書き取った。そのあいだに水沢が黄ばんで手ずれした古いモールス符号表を持ってくる。すぐにも意味がわかるだろうと思ったが、期待は外れた。

「……なんだこれ。意味わからんです」

「まさか和文モールスじゃねえよなあ、ねえなあ、すると暗号か。まいったな」

「その暗号を解いてくれたら、君たちにもう少し情報を教える」

カイアクが言った。百葉は振り向く。

「取引ってこと？」

「取引というよりも、伝言だな。私の尾の先は鈍感だから、先方の二人が何を言っているのかまではわからないし、言葉も話せない。この信号は、二人がかなりの力で尾を叩いて伝えてきたものだ。だから私は、二人のことを直接知ることはできない。モモハとキヨシが説明してくれるまでは」

「は？　私たちが？　どうやって？」

「だから、信号を解読して、だ。君たちはこれから数日間、私から信号を聞いて、情報を得続ける。私はそれを受け取って、今の君たちに伝える」

「えっ……なに、数日後に知るはずのことを、時間を遡って私たちに知らせる、ってこと？」

「そうだ。そもそもこの信号自体、遠い未来からのものだ」

「そんなことができるんだ。ややこしいな、もう！」

「それが手続きだ。私だって、存在しない楔に触れることはできない」

百葉と水沢は額を寄せて、信号を解釈しようとしたが、さっぱり意味がわからなかった。

魔法瓶のコーヒー片手に、ああでもないこうでもないと三十分ほど考えた末に、匙《さじ》を投げる。

「だぁめだ、私こういうの苦手！」

「しっかりしろよ、天文学者だろう」

「天文学者でも言語学はだめです」

「天文学者とはなんだね」

珍しくカイアクがこちらのことを尋ねた。百葉は答えてやる。

「字の通りよ、天体を調べる学者。私たちはここで太陽観測をしているの。ここ二周期ぐらいの表面活動が、どうも深刻な異常の前触れみたいだから。現在の黒点数の、マウンダー極小期とダルトン極小期との類似について語ったりするのは超得意。でもモールスとか、私は全然。おっちゃんこういうのやってなかったの？」

「ラジオの自作ぐらいはやったことあるがね、ハムは電話級止まりだった。電信級まで習得する前に国際モールスが正式に廃止されたよ。一九九九年だったな」

「天体とはなんだね？」

「天体がわかんないの？」百葉は不思議になる。「太陽系の親分、太陽。それに地球、木星。トロヤ群小惑星もだ。みんな天体じゃない。わからないの？」

「何度も言うが、私は時間の泉からすべてを見ているから――」言いかけて間を空けるのが、百葉たちへの気遣いであるとわかるのは、もっと先だ。「可能性の形でしか物事がわからない。しかし、太陽というのは、このあたりのあらゆる楔に影響を与えている大きな楔のことか？」

「その楔っていうのの意味が相変わらずわからないけれど、影響を与えているかといわれれば、多分そう」百葉は、わからないままに肯定する。「全地球の生物と非生物は、地熱と重力を除けば太陽エネルギーの影響を一番に受けてるから」

「原油も原子力も、ぜんぶ恒星由来だしな」

水沢が付け加えた。

カイアクがうなずくような唸《うな》りをあげた。

「ビッグバンから三分の二ほど来た時点から、泉のこのあたりを、特大の楔が貫いている。泉の全体には無数にある楔だが、君たちのような微細構造と比べれば、やはり大きい。そうか、これが恒星というものなんだな」

「それも知らないって、変わった生き物だなあ……」

「知らなかったわけじゃない。ただ、別のものとして見ていただけだ」

カイアクは感慨深そうに言った。

二人はもうしばらく暗号解読に取り組んだが、じきに音《ね》をあげた。

「いかんな、手に負えん。野辺山の連中あたりに頼みたいところだ」

同じ国立天文台の野辺山電波観測所では、天体や銀河の発する、微弱でノイズに埋もれた電波を観測している。それは要するに、星々が送ってくる暗号通信を解読するような作業だ。この手の作業は大得意なはずだ。

「カイアク、外注に出すのってアリなの？　私たちが、他人の力を借りることは」

「なぜそれがいけないかもしれないなどと考える？　私のしっぽを解放するためにはあらゆる手段を使ってほしい。私が言うのもおかしな話だ。君たちの地球が壊れるのを防ぐためなのだから、できることはなんでもしたほうがいいのじゃないか」

「そう言われればその通りなんだけど、よそへ助けを求めるとなると——上の許可いるよねえ？　おっちゃん」

ちょい、と百葉は床の隅を指差す。上に、と言いながら下を指すのもおかしなものだが、これは東京方面の上司その他を指差しているのである。

水沢が渋い顔で言う。

「上に報告するのも気が重いが、人に頼んで情報が広がることのほうがさらに気が重い。時間遡行生物だぜ。よほどうまくやっても正気を疑われる」

「うまくやっても、なんですか。やらなかったら？」

「そりゃあ、世界中から強奪部隊がここへ乗りこんでくるだろう。何しろ未来のことを知っている生物だ。たとえ半年でも先のことがわかるなら、有り金全部突っこむ勢力がいくらでもいるんじゃないかね。下手をすれば、それを嫌った国が核ミサイルを撃ちこんでくるかもしれん」

「日本の北アルプスに核ミサイル？　嘘だあ、ありえない」

「太さ一万八千キロの大根が地球を押しつぶす話よりありえないか？」

そう言われると百葉は返事に窮したが、カイアクが助け舟を出した。

「私に向けて強力な攻撃が行われると、私の正確な情報を未来に伝える人間がいなくなって、私のしっぽが解放される望みも薄れてしまう。そうなってほしくないから言うのだが、話を秘密にするより広めたほうが望みは高まる。ほかの人間の楔が数多く重なってきて、攻撃の行われる楔を細くするからだ」

「わかりづらいけど、知ってる人が増えたほうが悪いやつが手を出しにくくなる、って理屈でいいのかな？」

「そういうことなんだろう、多分」

「だそうよ、おっちゃん。上に報告してください、これまでのこと」

「わかった、してやる。しかしきついよ。今のところ、カイアクが未来を見られるっていう証拠はコイントスだけだからな。手品じゃないかと言われたらそれまでだ」

「そちらは心配ない。もっと説得力のある予言を付け加えてあげよう」

「ほう？　それはどんなことだ？」

水沢が腕組みしてのけぞる。カイアクはまたメモを取るよう要求し、先に一連の数字を書きとめさせた。それからこう言った。

「今度の情報も私には理解しづらいものだ。地球という天体の構造に大きく関係があるらしいから。だが、偽装や人為的な実現はまず不可能だし、予言することによって現実が歪曲《わいきょく》されることもないそうだ。まもなくその数字が実際に君たち人間の手で計測されるから、照らし合わせてきてくれ」

「天体の構造？　計測される？　おい、それはまさか——」

「地震の場所と強さだ」

カイアクの言葉に、百葉たちは息を呑む。

「私はこれから十日分の地震を予言する。それを、未来予知の動かぬ証拠として使ってくれ」

この日の朝九時、「北アルプスコロロギ岳観測所に無人機が墜落してドームに大穴。観測機器に大損害。機体は民間機と思われるが調査中。けが人はなし」というニュースが全国に流れたが、これは水沢の報告をもとにしたものだった。より正確に言うなら、水沢が対外的に無難だと思われる表現を、上司の太陽観測所長に向かってご進講したところ、それが採用されて、国立天文台の報道発表に使われたのだった。

実際には上司にもさらに上のほうにも、事態がもっとややこしいということは伝わっていた。カイアクの予言が、アメリカ地質調査所《USGS》の発表する世界の地震の速報値に、一時間に一個ずつぴたりぴたりと的中しているという点は、ストレートすぎて誰にも無視できないらしかった。しかし、「どの程度ややこしいか」は、さすがに数回の電話やメール程度ではまったく伝わらなかった。というよりも、まともな科学者がはいそうですかと認めるには抵抗のある内容が、山盛りすぎた。新種の飛行生物、人類以外の知的存在、時の泉の概念、そして予言。こんな話を鵜《う》呑《の》みにする人間がいたら、そのほうが心配だ。

まともな学者はまず離れたところから棒でつつく。とりあえず予断を入れることなく、観測所にもっと人を送って、大勢で調べましょうということが決まった。妥当な線なのだが、水沢たちはそれでは困る。人が増えれば増えるほど調査は遅くなるに決まっているからだ。

「コロロギ岳観測所としては調査チームを喜んで受け入れますが、現在、生物の出現で本来の太陽観測ができなくなっている状況です。この状況を可能な限り早く改善するために、外部のサポートも考えていただけませんか」

外部のサポートとは何をしてほしいのだ、そう水を向けてもらえるように話を持っていって、「生物が提出している暗号通信の解読」を専門家にやってもらえるよう、水沢はうまく段取りをつけたのだった。

事態はまずまず順調に進んでいたが、夕食前にはあまりうれしくない事実がひとつわかった。カイアクの姿を十二時間前の朝の写真と比べたところ、四十センチも太くなっているのがわかったのだ。

「うわ、やっぱり太ってる」

「太ってるわけじゃなくて、おれたちの時空が、だんだんカイアクの胴の太いところへ進みつつあるんだな、これは」

「実用上どっちでも一緒でしょう」

このまま一定のペースで太り続けると仮定すると、二十四時間ごとに八十センチずつ太くなる。差し渡し十二メートルのドームが一杯になるまで、たいしてかからないだろう。

「これはもう一刻も早く何とかしないとやばいですね。分光器室の機材とか、先に避難させましょうか」

「そうするべきだな」

ところが夕食をすませて動き出そうとした途端、事務室の固定電話が鳴った。

「はい、コロロギ岳観測所」

「もしもし、こちら野辺山宇宙電波観測所の才谷煌海《さいたにこうみ》といいます。もしかして岳樺さん？三次元コロナパターンの」

「あ、はい、その岳樺百葉です。才谷さんは、小惑星表面の反射とかの？」

「そうそう、そうです。どもども」

「はあ、こちらこそどうも」

面識はないが、互いの書いたものは読んだことのある間柄だった。遠慮のない性格らしく、煌海は挨拶も早々に本題に取りかかった。

「そちらから回ってきた例のアレですけど、何かの冗談？　それとも対応テストか何か？」

「何の話？」

「何のじゃないですよ、上に送りつけたでしょ。解いたら知らせろって言われてるけど、あなたたちが提出したの知ってるから、先に連絡したんじゃない」

「あの、解けたんですか、あれ」

「そりゃね。別に暗号でもなかったし。あれ普通の英文モールスね。逆順だったけれど」

「逆順？　というと、逆さまに読めばよかったってことですか？　そうか、それだけか……！」

「あなたが作ったんじゃないの？」電話のむこうの声が、いぶかしげになる。「じゃあ、作った人に伝えて。個人的に好きな内容だけど、業務で回しちゃだめでしょって」

「ちょ、ちょっと」百葉はあわてて電話のそばのメモ用紙を手に取る。「それは正真正銘こちらの観測で受信したデータです。捏造《ねつぞう》じゃありません！　なんて書いてあったの？」

「はあ？　これがデータ？　ちょっとそれ、どういう……」

「いいから。マジでその内容が大事なの、ふざけてません！」

相手はちょっと黙った。それから感情を抑えた声で、「じゃあ、読み上げるから」と言った。

『ニホン共和国　グラン・アース　西暦二〇一四年
親愛なるジェントルパーソンのみなさまに宛てて
はじめまして　ぼくたちは五八八番小惑星アキレスにある
戦艦アキレス号の核室に閉じこめられています
ぼくたちは外へ出たい
もしくは宇宙服がほしい　助けてください

西暦二二三一年　二月一四日

リュセージ・ラプラント　一五六センチ　標準体型
ワランキ・レーベック　一六九センチ　標準体型』

「やっぱり……！」

百葉は息を呑み、早口で煌海に礼を言うと、電話を切って水沢のところへ飛んでいった。

メモを見せて訴える。

「これっほらっ、本当でした！　ほんとに未来で誰かが閉じこめられてるの、それも」

百葉は末尾の部分を指差す。宇宙服を要求するためだろうが、わざわざ身長と体型が書いてある。

「この身長、子供ですよね！　戦艦の中だから、きっと男の子だ。兵士なのかな、ケガをしているかも。早く助けてあげないと！」

「まあ落ち着こう。カイアクが言っていただろう、この子たちはまだ生まれてもいないんだ」

そう言われればそうなのだが、離れたところで知り合いが苦しんでいるのと、離れた時間で知り合いが苦しんでいるのでは、感覚的には同じことに思える。気がかりで仕方ない。

大ドームに入ってカイアクに声をかけた。

「暗号が解けたわよ。原文は逆順で書かれていたの。未来の宇宙では文章の書き方が逆になるの？」

「すまない、多分それは私のミスだ。時間の泉には物事の順序というものがないから、文章の順逆もわからない。今話しているこの言葉も、実は逆順で試してから正順に直しているんだ。それはともかく、今聞いたその話を十二時間前の君たちに伝える。それからこの十二時間の分の地震情報も、忘れないうちに教えてくれ」

「わ、わかったわ……変な気持ち、だけど」

カイアクが地震予知できるのは、過去から見て未来にいる自分が、世界の地震情報を網羅しているUSGSの速報データを取得して教えてやるからだ。その理屈はわかっていても体感的にしっくりこず、百葉はしかめっ面になる。

「もっと詳しい情報を知りたい。こちらから振動を送って、向こうを震わせることはできないか？　むこうには信号を発する知恵がある。きっと受信できるはずだ」

水沢が尋ねた。カイアクが答える。

「前にも言ったが、私のしっぽはそんな器用なことはできない。君たちにやってほしいのがそれなんだ。さあ、実行してくれ。歴史に刻むんだ。『もっと詳しい情報を知りたい。リュセージとワランキ、君たちの素性を、詳しい居場所と個人情報を、君たちが一度叩いた尾をもう一度利用して、送信するんだ』と」

百葉と水沢は、その余韻を伴った複雑な言い回しを、しばらく黙って反芻《はんすう》した。

百葉は、そのややこしい行為の意味が、ようやく実感できたような気がした。

「そうか……二一七年先に伝えろって、こういうことか。この、リュセージとワランキに、私たちが彼らを助けたがっていること、協力しなければお互いが滅ぶことを、教えなきゃいけないんだ。うわぁー、大変だな、これは……」

「確かに遠大だ。とりあえず手紙でも書くか？　百万枚ぐらい書けば、一、二枚は届くだろう」

「二百年後にですか。そんな昔の手紙があて先に届いた事実って、過去にありましたっけ?」

「ギネスブックで見たような気がするぞ。一世紀を隔てて届いた手紙ってのを」

「今回は二世紀です。それにあて先が木星前方トロヤ群です」

言ってから、百葉は自分の言葉に、くらりとした。

「木星トロヤって……! むちゃくちゃ遠いですよね。木星の平均軌道長半径が確か七億七千万キロ。しかもトロヤ群っていったら、木星本体からも同じぐらい離れた位置……なんでそんなところにいるのよ、この二人は!」

「わからん。きっと技術的、政治的に、とても複雑な経緯があったんだろう」

「どうしたらいいんですかね?」百葉は頭を抱えてつぶやく。「メッセージを彫りこんだモノリスを送る? 二百年後に作動するはずの自動送信機械を作る?」

「二百年後も確実に残るはずの文書に、メッセージを織りこんでおくという手もあるな。たとえば……英語の辞書だとか。聖書だとかにな」

「それかもしれません」百葉は顔を上げる。「宗教書や、それから美術品に、メッセージを彫りこんでもらうんです。西暦二二三一年二月一四日のリュセージとワランキへ。お願いだから連絡して。この子たちはすでに一度、カイアクのしっぽを叩いている。きっと思い当たるはず」

そう言ってから、百葉はふとつぶやいた。

「でも、この子たちは、どうしてそれを思いついたんだろう?」

「それは多分、楔がつながったからだ」

カイアクが言った。

「実は、私が楔にぶつかってしまったことの影響は、すでにもう出ている。ここ、コロロギとトロヤ群の楔は、本来さほど密接につながってはいなかったのだが、私がぶつかったことで、ごく直線的に結びついてしまった」

「もっとわかりやすくお願い」

百葉がこめかみを押さえて言うと、水沢が代わりに解釈した。

「おれたちとカイアクが会話した。このことがすでに相当重大で、歴史にも残っちまっている、ってことじゃないかね」

「へえ? だとすると……この二人は、私たちの名前も、もう知ってるかもしれないってことですか!」

「それはどうかな。通信のあて先は『みなさま』だった。きっとおれたちが誰なのか、までは知らないだろう」

「じゃ、こちらからの通信に名前を入れたらダメですかね?」

「どうだかな」水沢は宙をにらんであごひげを撫で回す。「『歴史に名を残す』ことに異常に執着するたぐいの人間がいるからな。おれたちの名前を入れると、そういう人間にかえって妨害されかねない」

「だって、これ、私信みたいなものなのに？」

「私信扱いで届くとは限らない、というより、あらゆる手段を使わなければ届けるのは難しいと考えたほうが、いいんじゃないか？」

「それもそうか。じゃ、名無しで伝えましょう。私も、この件で歴史に名を残したいとは思わないし」

「方針が固まってきたな」

水沢がにやりと笑った。

「カイアクのしっぽを外すために、二人の子供に指示を出さねばならない。そのためには二人に死んでもらっては困るから、二人を助ける方法を考えねばならない。そのために、二人が陥っている状況や位置を、もっと詳しく伝えてくれと頼む」

「あ、二人がどのソースから情報を得たのかも、伝えてもらいましょう！　それがわかれば、こちらも伝達のコストを減らすことができるから」

「できれば、急いでくれ、とも伝えてほしい。あちらで作業するあいだにも時間は過ぎていくから」

カイアクが口を挟んだので、「どういうこと？」と百葉は尋ねた。

「私のしっぽは西暦二二三一年二月一四日の前後三年ほどのあいだ、何らかの物体に押さえこまれている。作業が遅れれば遅れるほど、彼ら自身が、しっぽが存在する時点を通過していってしまう」

「え、ええと？　しっぽを解放できなければ、それはずっとそのままじゃないの？」

「そのままではない。二二三一年から数年が過ぎれば、しっぽが細くなってじきに消滅するところを見られるだろう。だが、繰り返すが、西暦二二三一年二月一四日時点の私のしっぽは押さえられたままなのであり、それこそが問題なんだ」

「ええええー」百葉は複雑な笑いを浮かべる。「理屈はわかるけど、なんだか猛烈に詐欺くさい……ねえおっちゃん、これ理論物理の人なんかに聞かせたら、首絞められますよね、多分……」

「うん、時空理論との整合をどうとるべきなのか、考えたくもないな」

「私は時の泉にいて、泉から君たちを見ている。君たちが泉を訪れることは、おそらく永遠にないだろう――楔が泉で動き出すのを見たことは、一度もないから」

謎めいたカイアクの言葉に、百葉はため息をついて首を振ったのだった。

　やるべきことは、いまやはっきりした。必要なのは十分な協力だった。人類の、十分な、協力。

その晩のうちからマスコミの取材要請が相次ぎ、百葉たちはそれを断り続けていたのだが、翌朝になると、岐阜県警から観測所に電話がかかってきた。飛行機が墜落して損害が出たとなると、建造物損壊で刑事事件になるので、現場検証しなければならない。詳しい話を聞きたいし、現場入りしたいという話だった。

本部に聞いてくださいと言って国立天文台のほうに回したが、本部に報告するとそっちもそっちで、国交省から航空事故調査の話が来ていたり、また防衛省からも調査の申し入れを受けていた。事故当時、航空自衛隊のレーダーはコロロギ岳近辺に該当の民間機を捉えておらず、国防上問題があるかもしれない――要するに、ステルスのミサイルか何かだといけないから、ちょっと見せてくれというのだ。

そんなあれやこれやがコロロギ岳に押し寄せたら、狭い山頂はいっぱいになってしまう。調査チームを入れるどころではなくなるし、そもそも落ちたのは航空機ではない。現状では限りなく嘘に近い発表をしているのである。

水沢と百葉は朝食もそこそこに上司と相談した。上司はまだ困っていたが、百葉は思いきってライブカメラをドームに設置してテレビ電話をつなぎ、直接カイアクを東京と話させた。

すると上司もようやく、これはただの大根ではないと感じたようだった。どうも、会話が成立するまで何度でも同じ時間を繰り返すというカイアクの話法が、インターネット回線越しに三百キロ離れた東京まで、あの奇妙な多重現象を及ぼしたらしい。まさかそんなに遠くまで届くとは、百葉たちも驚いたが、考えてみれば、彼は全長二百年を越えるとてつもなく長大な生き物なのであるし、見方によっては、六億キロ以上の実体を持つのかもしれないのである。三百キロ先と話すぐらいのことは、きっと造作もないのだろう。

呼びかけと集合にまる二日かかったのは仕方ない。調査チームの訪問は、カイアク出現から四日目の朝に実現した。

「こちらが、カイアクです」

百葉がドーム内にどっしりと横たわる赤茶の大根を紹介すると、訪問者たちはしばし無言になった。

調査チームは前夜のうちに松本市に集まり、日の出とともに上がってきた。その数は八人。大出力を誇る航空自衛隊のヘリコプターも満員の有様で、ヘリポートもない山頂に片足接地で客を降ろす様は、見ていてはらはらするほどだった。

八人の内訳は物理学者、天文学者、生物学者、通信工学者、それに各省庁からのお役人に新聞記者とテレビ記者など、多種多様。だがこれでも、国立天文台本部が要請したり許可を出したりと絞りこんだのであり、実際にはこの二百倍の人数が対面を希望したのだった。

いざカイアクと対面した人々は、最初の驚きから覚めると、思い思いに調査の支度を始めた。写真を撮る者、大きさを測る者、表面に手で触る者。カイアクはなにひとつ禁じなかったので、好き勝手にしている。

インタビューの一番手を任されたのは、百葉にとっては意外なことに、国立感染症研究所の医師だった。最初に空咳《からぜき》をしてから話し出す。

「カイアク、あなたは地球の人や動物に害を与える病原体を、持っていないと証明できますか？」

「『病原体』のニュアンスがよくわからない。証明の方法もわからないが、試しにこういう答え方をしてみる。私は時の泉を泳ぐ存在で、そこには君たちの時間が流れていない。だから進化という手順が起こることはなかった。私の体に付着した生命は生きていられないと思う」

粉を吹いたようなカイアクの体に触っていた人が、ぎょっとしたように手を離した。

「私にずっと触っていると、この時間に置いていかれるよ」とカイアクが補足した。

次に警察と防衛省の人間が出て、それぞれ独自にカイアクと話したい、と言った。本部からもそのように取り計らえという指示が出ており、要は、まずカイアクが危険な相手なのかどうかを見極めたいということらしかった。

百葉たちは指示に従うつもりでいたが、これにはカイアクが反対した。

「私は今この場のやり取り次第で先行きが変わることを知っているのだが、警察や情報機関などと接触を重ねていくと、そちら方向の時間の楔は必ず痩せていき消滅する。情報統制という操作が行われるためらしい。私のしっぽが解放されるためには情報の解放が欠かせないはずなので、統制は断る」

「それでは私たちは、あなたが我が国にとって友好的だという確信が得られない」

防衛省の人間が言うと、カイアクは小刻みに体を震わせた。

「その確信ならすでに与えたよ。私はミズサワキヨシに修好の申し出をして、滞在許可を受けた。今のところ私はキヨシとモモハと共存している。それでは不十分か？　キヨシたちは君の敵なのか？」

安全保障関係の二人は渋い顔を水沢に向けたが、今回は引き下がった。

次には天文学者が出て質問した。やたら咳きこむ人だった。

「あー、カイアクさん……我々がね、もっとも不思議なのはですね、あなたがなぜここに転がったまま動かないのかということなんです。後ろ、えへん……失礼、開いてるでしょ？　空、空というとアレだけど、空間を落ちてきたわけですよね？　ドームを破ったってことはそういうことだ。だったら、同じように出て行ってもいいんじゃありませんか。故障、不調だというなら、お手伝いして差し上げるから」

この人は本部が差し向けた年配の職員の一人で、学問的なことを尋ねるというよりも、どちらかといえばドームが破損した事故の解決のために送られてきたようだった。

だから、カイアクが答え始めると、目を白黒させた。

「君たちが時間の流れに逆らえないように、私も私の属する時の泉のある次元には逆らえない。この場で私が移動できるのは、この天文台の過去方向だけなんだ。でもこの場所には、過去四十年以上にわたたって、このコンクリートの観測室が居座っているし、その先には地球そのものがある。そしてそれを避けようと思ったら、先にしっぽを自由にして、横へ――それは君たちが想起できるどの方角とも違うが――振らなければ針路を変えられない、と言っているんだ」

「ああ、はあ、しっぽを横へ……それではね、あなた一体、どちらからどうやってぶつかったんですか。本当に事故なんですか」

「すげーこと聞いてる……」

後ろで聞いていた百葉は思わずつぶやいてしまう。人類が初めて対面する驚くべき知的異界生物を相手にしながら、言うに事欠いて交通審判みたいな詰問《きつもん》を始めるなんて、ある意味とんでもない発想力だ。

カイアクが言った。

「これまで報告したとおりだ。トロヤ群の小惑星で休んでいたらしっぽが絡まった。それに気づかず太陽方向へ動いたら、尾がひっぱられて、頭が地球にぶつかった」

「それは不自然じゃないですか。あのね、あなた、天体は相互運動ということをしているんですよ。前方トロヤ群のアキレスと地球との間の距離は、常に変化している。しかも位相によっては間に太陽が来ますね。あなた、太陽を貫いて木星軌道まで伸びているんですか。伸びたり縮んだりしながら」

天文学者は何やら得意げな顔で言い放った。それは的を射た質問なんだろうか、と百葉は思う。――彼の横手を見れば、大根の先っぽも胴体も輪切りになって消えている。そこから先は人類の手の届かない、何か四次元ポケットのようなどこかにつながってるのだろう。

突っこむならそこであって、伸び縮みするかどうかじゃないだろ⁉

カイアクは、あくまでも真面目に答えた。

「さっきはたとえ話として答えた。より正確を期すなら、私は『アキレスという可能性の楔』にしっぽが絡み、『地球のコロロギ岳観測所という可能性の楔』に頭をぶつけたんだ。その二つの衝突箇所のあいだを隔てているのは、空間距離でも時間的懸隔《けんかく》でもなくて、時の泉における離れ度合い、だとしか言いようがない。天体アキレスと天体地球の自転や公転、ひいては太陽系の銀河系に対する固有運動や、銀河系そのものの回転運動などは、私にとってすべて無関係だ。互いに影響を及ぼしあう関係性が生じない限りは」

本部の学者はそれを聞くと、しばらく宙を見上げて何か考えているふうだった。

やがて「それなら仕方ありませんね」と言って引き下がった。どれなら仕方ないんだ、と百葉は思わず胸の中でつぶやいている。

やがて物理学者の順番が回ってきた。こちらは若く頭の回転の速そうな人で、興奮の面持ちで言った。

「こんにちは、カイアク。君と話せてとても光栄だ。最初にいちばん大切なことを聞きたい。私たち人間は将来、君のすべてを知ることができるか？」

「できない」

いきなり剣もほろろに断定されて物理学者は面食らった様子だったが、ひるまずに食い下がった。

「それは、君が実際に未来を体験した結論なのか？　それとも、理屈で言っているのか？」

「前者の意味だ。私は二十三世紀のトロヤ群を除いて、君たちの楔の行く末に触れていないから、将来君たちに観測されることはない。それに楔を離れるつもりだから、この会話の事実そのものも、残らないかもしれない」

彼の言う「楔」、あるいは常に咲く可能性の花という概念は、百葉たちに理解できた限り、レポートにして出してある。物理学者はそれをしっかり読んでいたとみえて、「君は時間軸を離れて動けるんだな。素晴らしい！」と声をあげた。

「しかし、では、我々の世界線から離れた君が、時間の世界を動いて再び戻ってくるかどうかは、君の自由意志によるんだろう？　だとしたら、もう一度、我々に会いにきてくれないか？」

「そうしないとは言わない。私は自由意志がある。けれども、時の泉は広いから、正確に今のここを見分けて戻ってくるのは難しい」

「だが、戻る気はゼロではないんだな？　地球人類が将来、君たちが泳ぐ、時の泉の仕組みを解明しない、という断定は為《な》さないんだね？」

「それはしない。私の将来は私にとっても不明確だ。が――」大根がかすかに動いたように見えた。「そもそも時間の泉を泳ぐ私たちに、君たちと同じ意味での経験時間があると考える根拠がない。現にいま私はこの衝突事故を解決するために、体の各所を君たちの時間経過に合わせるという複雑な操作を行っている。こんな私の、私の時間軸を語ることが、君たちにとって何か意味があるとは、私には到底考えられない」

「いいや、意味はある。なぜなら、私は君の時間軸があると聞いて、大きな希望を抱いたからだ。人間を力づけるのはいつだって物語だ。私たちはきっといつかまた、君と出会うよ。なあ！」

物理学者は目を輝かせて言い放った。それはまあ勢いだけの言葉であったに違いないが、百葉たちにとっても元気づけられる一言だった。

三時過ぎに松本空港から、天候が崩れそうなので早めに迎えのヘリを出した、と言ってきた。気がつけば空が曇り、風が出ていた。

冬季のコロロギ岳観測所は宿泊サービスを行っていない。また、来訪者たちも泊まりの準備をしていなかった。とはいえ、全員が一通りカイアクと話したし、最初断られた安全保障関係の人々も、結局は他の人の立会いのもと、この未知の力を秘めた生き物と話した。それぞれの成果を手にして、あわただしく引き上げの準備を始めた。

百葉が玄関ホールで客あしらいをしていると、ダウンジャケットにパンツ姿で重そうなデイパックを持った女性が、きびきびとやってきて、息を吸って話しかけようとした。

「岳樺さん、才谷――」

言いかけて、けんけんっ、と何度か咳きこんでしまう。百葉は肩に手を当ててやる。

「ゆっくりと息をして。あわてると喉をやられます、気圧が低いし、乾燥もすごいから」

「なるほど、それで断咽木岳《コロロギ》か」

つぶやくと、改めて女性は顔を上げた。

「失礼、才谷煌海です。リアルでは初めまして」

「あ、岳樺です。どうも、お構いできなくてすみません」

百葉はせわしなく頭を下げた。顔を見るのは初めてだが、名簿を受け取っているから、彼女が来たことは知っていた。ただ、カイアクとの対面の時間割があまりにタイトで、ホスト役の百葉たちは、個人的な挨拶をろくにしていなかった。

実際に見る煌海は目鼻立ちのくっきりした凄い美人だった。歳は確か、四つ上のはずだ。嚅咽ぎという珍しい言葉を調べてきているぐらいだから、きっと勉強家だろう。その彼女が、人目をはばかるように小声で言う。

「できたらここ、泊めてもらえないですか。もっとカイアクと話したいの」

「え、無理です、そんな」百葉はあっさりと首を横に振る。「食べ物がないし、部屋も布団もないですよ。それに帰る方法もない。私と所長は、二ヶ月間降りない前提でここにいるんですから」

「知ってます、調べたから」

煌海は引き下がらない。ディパックから枕にできそうな太さのハムを取り出して、これお土産、と押しつけながら言い張る。

「お米とシュラフは持ってきた。部屋は図々しいけどあなたのところに入れて。降りるのはこれ」ディパックの端からちらりと見せたのは、雪上歩行用のスノーシューだ。冬山経験者だとひと目で知れた。「天候を見て、歩いて降りる。この山、東側の下山ルートはポピュラーでしょ。気をつければ簡単よ」

「なんか、手馴れてますね」

「山岳県民だもの」

ウインクしてから、実は上の許可も取ってある、と言った。

「あと、あなたたちにOKさえもらえればいいの。お願い」

「強引じゃないですか。こっちの都合は？」

「私がいればメッセージの解読も速いよ」

「メールで十分です。ほかのお客さんたちにも悪いし」

押し問答しているうちにタービンヘリの轟音が近づいてきた。ホールの客たちが足早に出て行く。水沢が「岳樺くん、ドームに忘れ物がないか見てきてくれ」とよそ行きの口調で言った。「はい」と百葉はドームへ走り出したが、煌海もついてきた。

「お願い、未来のあの二人のことが気になるの！」

ドームに入ってざっと見回したが、忘れ物はなかった。百葉は振り向いて言った。

「気になるっていうなら私だってそうです。今のところ通信をくれる元気はあるみたいだけど、本来なら多分、カイアクの解放よりその子たちの救助を優先しなくちゃ」

「そう、そういうことよ！」煌海はこぶしを握って妙に力強くうなずいた。「未来の沈みかけた宇宙戦艦の片隅でよ、金髪の少年兵が二人っきりで隔離されて、健気《けなげ》に助け合って生き延びようとしているんだよね。これ絶対見捨ててはいけないと思うの、そうじゃない？」

「あ、うん、そう……ですね」

突然何かがわかったような気がして、百葉は曖昧《あいまい》にうなずいた。煌海はさらに熱心に、目を輝かせて続ける。

「文面には大きいほうの子と、少し小さい子がいたよね。きっと大きいほうが知恵を出して年下を懸命に守ってるのよ、それで年下も素直に言いつけを聞いて、及ばずながら力になりたいと考えてる。でもほら宇宙服が必要なぐらいだから？　減圧にさらされて、それに外惑星圏だからきっとすごく寒くて？　ちょっと真剣にならざるを得ないシチュだと思うわけよ、二人ともそれはもう強く頼りあっている。そんなのを助けるのよ、私たち！」

「才谷さん、ストップ」

百葉は顔の前に手の平を突きつけた。煌海はハッと言葉を切り、次の瞬間には別人のようにそっけなく顔を背けた。

「まあ、あくまでも推測だから、現実にはどうかわからないけど」

「時間です。外へ」

百葉が促すと、煌海は荷物を担いで歩き出した。何かに落胆したようで、もう泊まりたいとは言い張らなかった。

そんな彼女の後について出口まで歩いた百葉は、「じゃあ、どうも」と無表情に立ち去ろうとした煌海の肩をつかんで、耳元でぼそっとささやいた。

「私としては、腕白年下無邪気攻め、の想定です」

煌海が驚きの目で振り向いた。百葉は周囲をうかがい、ヘリの音にかき消されないギリギリの小声で言った。

「でも、そっちもわかります。しっかり見守りましょう。わかる限りのこと教える」

「あ――ありがとう！」

答えた彼女の顔は、この上ない信頼に輝いていた。

肌を切るような風が強まるなか、ヘリは訪問者たちを乗せて飛び去った。水沢がやれやれと伸びをした。

「半日対面させただけで、どれほど伝わったものかな。予言を除けば、カイアクが本当に地球の将来を左右するという証拠は何もない。謀略やら権力闘争やらのネタに使われないことを祈るばかりだが……」

「んー、でも、確実に信用できる仲間が一人できましたよ」

「ほう。そんな人がいたかい？」

建物の中に戻りながら、水沢が振り向いた。百葉はちょっとだけ笑って答えた。

「ええ、なんか、同志がね」

翌朝、国立天文台長から公開の許可が出た。コロロギ岳観測所の二人はネット中継で記者会見を行い、観測所ドームに墜落したのは航空機ではなく、未知の飛行生物であることを発表した。

そうして、詳細はこれから調査チームが調べるとしながら、世界の人々へ向けて、不思議なお願いを公開した。
「カイアクはとても長くて不思議な生き物なのですが、その尾が遠くの場所に引っかかったために動けなくなりました。尾を外してもらうために、次のことを口伝えしてもらえませんか、みなさん。

『木星前方トロヤ群　五八八番小惑星アキレス　西暦二二三一年　二月
親愛なるリュセージとワランキの二人に宛てて
はじめまして　私たちは西暦二〇一四年の科学者です
あなた方の信号を受け取りました
あなた方を助けたいので、詳細な居場所と状況を知らせてください
また　あなた方が叩いたのは重要な生き物です
脱出できるようになったら、必ずその生物を解放してください
さもなければその生物は大変な事態を起こしてしまいます
解放に必要な手助けを教えてください

西暦二〇一四年　地球

コロロギ岳観測所ならびに同時代人一同』

どこの、誰へ伝えるかは自由です。でもこれは二一七年先まで伝えなければいけないので、なるべく長いあいだ覚えていてください。

そして、時々それを、お子さんやお孫さんに伝えるようにしてください。よろしくお願いします」

それから水沢が、もうひとつ別のことを発表した。

「私たちが口にしているのは冗談や根拠のないたわごとではなく、ある種の事実です。科学的であると言いきれないのが残念ですが――無視できるたぐいの空論でもありません。その確かさを表すのに、ここにある数字を示しておきます。数字の意味は明日になればわかります。二八七五、二六三〇」

翌朝、スウェーデンの皇太子妃が待ち望まれていた赤ん坊を出産したとのニュースが、世界を駆け巡った。新生児は双子で、その体重は二八七五グラムと、二六三〇グラムだった。

不吉な予言をするものは疎《うと》まれる。けれども儲けの対象になる数字や、予言そのものによって変動してしまう数字を口にすれば、危険なことになるだろう。

当初、地震の予言を公開しようとした百葉たちだが、そうではなくてこういったニュースのほうがいい、と天文台の幹部たちが助言した。百葉たちは納得してそれに従った。

そのことは、予言を受けた世界の側にも伝わった。一度ですっかりとではないが、ごく穏やかに。

日本のコロロギ岳にいる何者かは、よき明日を告げる分別を持っているらしい。カイアクの言う、この「楔」では、そのような認識の種が蒔《ま》かれ、芽吹いて広がっていく。

A.D.2231　588-Achilles

天井がゆっくり回っている。目玉がぶれて視界が傾く。頭を強く打ったときみたいに、現実が何重にもかさなって見える。

「うげ……なんだこれは……」

ワランキは吐き気を覚えて目を覚ました。

体を起こす。コンソールと椅子が並ぶアキレス号機関制御室の片隅だ。発掘した非常キットのぺらぺらの断熱マットを床に敷いて、即席のベッドにした。フライパンで寝たような心地だった。

マットにあぐらをかき、寝ている間は閉じていたフードを開いて、しばらく額を押さえた。頭痛がする。それに衣服の下の肌がべたつく。我慢できずに胸や背中に手を突っこんで、ぼりぼりとかいた。生き物の匂いのする湿った空気が立ちこめているので、ひどく汗ばんでしまった。

時間を知りたくて、そばに置いたはずの端末に目をやる。

端末と眼鏡はあったが、隣のマットは空っぽだった。

「くっそ、最悪」

リュセージは一人でどこかへ行ってしまったらしい。単独行動をするなと寝る前に言っておいたのに。

時刻は午前六時半。遭難中だというのに六時間も寝てしまった。よく眠ったのはよいことだろうが、ここは長居すべきでないところだ。ワランキは端末を線量計モードにして、積算被曝数値を見る。

「ぐう……」

小さくうめいて、数字を消した。

それから端末を通信モードにしてリュセージを呼んだ。朝食前の散歩だという返事があったので、今すぐ戻ってこなければその朝飯もなかったことにしてやる、と言いつけて通話を切った。

「ワランキ、なあワランキ！　おれさ、面白いとこ見つけたんだ、この上の階層でさ！」

「食ってからにしろ」

戻ってきたリュセージはなぜか異様に上機嫌だったが、それを除けば最悪の朝食だった。昨夜の探検中に収集した糧食は、加熱剤が期限切れでちっとも温かくならなかった。チキンソテーはスポンジをパラフィンで和《あ》えたようなスカスカべっとりの代物に化けており、カロリーバーは紙束のようにパサパサだった。三十年保存可能だと表記された飲料水は、水というより防腐剤そのもののような味がした。

食べながらワランキは考えた。昨夜、今いる場所から三十メートル下に横たわっている、得体の知れない「ケイアックの蛇」に対してしたことは、一晩たってみると、気休めのおまじない以外の何物でもなかったような気がする。

あれでどこからどう助けがくるって？　ヴェスタ軍が今この瞬間やってくるほうが、まだありえそうなことだ。現実にはその可能性は五分五分ぐらいだとワランキは思っていた。親は当局に通報したかもしれない。しかし占領者のヴェスタ軍が、親身になって捜索に乗り出してくれるとは限らない。

まして、リュセージはつい昨日、ヴェスタ軍人に殴りかかったばかりだ。——そのことを当局のデータベースが都合よく忘れてくれるよう願うのは、虫が良すぎるだろう。

要するに自分たちは、来るかどうかわからない助けを、待つしかないのだ。

しかしそんなことを口に出したら気が滅入る一方だ。ワランキは、黙々と、先行きの心配などちっともないような顔で、食事を終えた。

食後にリュセージがいたずらっぽい顔で近づいて、ひじを引っ張った。

「ワランキ、ちょっと来いよ」

「なんだ」

「いいから。服の中、気持ち悪いだろ？　汗べっとりで」

さては自分は匂うのかと思って、ワランキは身を引いた。悪い悪い、と手を振ってリュセージが出口へ向かった。

「いいとこ、見つけたんだ」

いいとこは反応炉区画最上層にあった。マングローブの樹冠そのもののような緑の葉の下、気根・板根の絡まりあうプール。恐ろしく透明な深い水で満たされているが、水底の照明がほのかな白い光を放っているため、恐怖感はない。

ただ静謐《せいひつ》で清潔だ。どこかに果物でも生《な》っているのか、かぐわしい甘い匂いすら漂っている。

「な？」

「……ああ」

うなずいたと見て取るや、いきなりリュセージは服を脱ぎ始めた。ワランキは泡を食って止める。

「ばっ！　こらやめろ、なんで脱ぐ！」

「へ？　洗うに決まってんだろ。アンド泳ぐ」

不思議そうに振り向きつつもパーカーとシャツを脱ぐ。服の上からでもわかっていたが、まだたいして硬くもなさそうな筋肉がついているだけで、肩も胸も白くて細い。ワランキは目を背けて線量計を持ち上げる。

「こんなとこに水が溜まってるなんておかしいだろ！　下手して原子炉の冷却水なんかだったりしたら……！」

「大丈夫だって、線量計見ろよ。この水は結露さ。天井が冷たいから露が降って溜まったんだ。この上はきっと、外真空に直接接してるんじゃないかな」

確かに線量計の数値はサービスステージとさほど変わらなかった。念のため水面につけてもそうだった。

当のリュセージはブーツもタイツも下着も脱いでしまい、すっ裸で腰に手を当てて促す。

「何してんの、おまえも入れよ。水道出ねーんだからここで綺麗にしとこうぜ」

「そういうことじゃなくてな」

「あ、おまえ……」不意に意地の悪い笑みを浮かべる。「まさか泳げない？　泳いだことない？」

「あるに決まってるだろうが、水泳は船外活動《EVA》授業前の基礎だろう！」

「じゃあさっさと入ろうよ。それとも風呂嫌いなの？　だったら意外ー」

ぶつくさ言いながらリュセージは岸辺から素足を伸ばし、くるくるっと水面をかき回して「冷てー！」と楽しそうに目を閉じると、そのまますると水の中へ姿を消した。

出てこない。

「リュセージ」

岸から見下ろす。水は透明だが植物が絡まりあい、下方の光源がギラつくような陰影を作っている。動くものは見えない。

「リュセージ！」

怒鳴っても声は水の中に届かない。だが怒鳴らずにはいられない。

それでもリュセージの姿は見えない。木の根に挟まったか、排水口にでもつかまったか。

「あのバカ……！」

ワランキは服を脱ぎ捨てて眼鏡を外し、下着一枚になって、今にも飛びこもうとした。

ザバッと音がして、とんでもなく遠く、水面からそそり立つ枝幹のずっと向こうに、赤毛の頭が現れた。大きく手を振る。

「オラー、どうだー！　おれ何秒潜ってた？」

「……あのバカ」

ため息が出た。ぐだぐだとためらっているのが馬鹿馬鹿しくなり、同じように全部脱いだ。

この年頃は成長が早い。リュセージよりひとつ歳上なだけだが、ワランキのほうが一割二割も肩幅ができて肌も浅黒い。律儀に手足を少しひねってほぐしてから、木々の間の冷たい水へ泳ぎだした。

こちらへ平泳ぎで戻ってきたリュセージと途中で出会い、「おま」バシャッと顔に水をぶっかけられて、ぶち切れた。

ワランキは、リュセージと反対の切れ方をする。最大限に低い声でゆっくりと発音。

「リュセージ」

「へ……」

濡れていても、彼が顔を引きつらせて脂汗を浮かべたのがわかった。

その足元へ潜りこんで、両足首をつかみ、そこらの木の根を足場に思いきり立ち上がりざま、上下さかさまにごぼう抜きに引いて前方へ放り投げた。

天体アキレスの重力はごく小さい。だが質量は消えないから、人を背負い投げにすれば体重に応じた反動がかかる。

どぱーん、と前方の水面にリュセージが頭から落下したのを見つつ、こいつほんと軽いな、とワランキは思った。

思いつつ冷静に追撃に行って、もう三、四回、無言で豪快に投げた。

リュセージはしこたま水を飲み、じきに音をあげてわめいた。

「ごっ、ごめっ、おれが悪っ、ぶばっ、やっやめってっ！」

「わかればいい」

そこらに彼を放り出して、肺の底からため息をつく。見ればリュセージはすっかり懲《こ》りたらしく、首をすくめておびえた目をしていた。

ワランキは自分がいやになる。ストレスのせいだとはいえ、僕はまた、なんて大人げのないことを。

「ワランキおまえさー、本気出すとおれより怖いよな」

「別に」

「怖いって。おまえ、もっと普段から怒れよ。そうすればバイト先なんかでも舐《な》められねーのにさー」

「ああいう場では言わせとけばいいんだ」

「オトナだよなー……あ、そういやおまえ、無断欠勤」

プールの縁に並んで腰かけている。頭まで何度も浸かったので自動的に所期の目的を果たしてしまった。ついでに洗えるものは洗って乾くのを待っている。

無断欠勤など、今のワランキの心配リストの中では、二ページ目以降の下位でしかない。一ページ目には生存に関わる項目がずらりと並んでいる。

その中では比較的下のほうなのだが、昨日からずっと目にしているこの区画の光景も、懸念のひとつだった。

「なあ、この森、なんなんだろうな」

　宇宙戦艦の中に生い茂る原生林。不吉な成因でなければよいのだが。携帯端末に収録されている百科事典《ペディア》には載っていなかった。最新知識のアップデートを常に受け続け、通信が途切れても内部記憶だけで既知のほとんどのことに答えるはずなのに。

　リュセージが気楽そうに体を揺らして答える。

「マングローブだって昨日言ったじゃん」

「それは樹種だ。というか木々の総体だ。おれが気になるのはなんでこんなに猛烈に生い茂ってるのかってことだ。単に放置された観葉植物が増えました、ってことじゃすまされないだろ。これだけの植物」

「ああ、艦内森林の封鎖がどこかで切れたんだと思うよ」

　リュセージはこともなげに言った。

「艦内森林……？」

　ワランキはその横顔を見る。

「アキレス号の施設の一部ー。構造躯体《くたい》とアーマーの隙間に、分厚いスポンジ状の植物シートを押しこんだんだって。物理防御・兼・放射線防御・兼・環境浄化の三つの役に立つ優秀な装甲、になるはずだったらしい」

　ふう、と息を吐いて長いまつげを伏せる。

「……この艦が、もし実戦に出くわしていたらね」

「効果は未検証、か……」

ほんとうに、この巨大な戦艦がもし敵にぶつかっていたら、どうなっていたんだろう、とワランキも思った。

「過去が変えられたらなあ」

「だよなあ。あー、早く来ないかな、助け」

「来てほしいのか、ヴェスタ軍」

ワランキが聞くと、リュセージはむっとした顔で、「そんなわけねーだろ」と言った。

「そっちじゃなくて、昨日のあれだよ。来てほしいの」

「あれって、過去への通信？」の、つもりでやった気休め。

「うん」

「あれで何が来ると思ってるの？」

「何かがさ。そりゃわかんないよ、科学者の考えることだから」リュセージは胸の前で何やら手を動かして、言葉にしがたいものを表そうとする。「理論上は、過去にものを送るより、未来へ送るほうが簡単なはずなんだ。『ケイアックの蛇』が過去に信号を伝えられるなら、それよりずっと簡単な返信が届かないのはおかしい」

「その理屈の細かいところは、突っこもうにも僕にはわからないし、突っこむ気もないが——」ワランキは眼鏡に触れようとして、今はかけていないことを思い出した。「仮に全部正しいとしたら、何が起こるんだ。歴史が改変された結果、おれたちの後ろのこの壁に、いきなりポンと出口が現れるのか？」

「ポンと現れは——しないよなあ」

　リュセージはいくらか期待した顔で実際に振り向き、何の変哲もない壁を見る。

「出口を表す案内板がポンと湧いて出る？　それとも外から電波で知らせてくれる？　二百年前から待機していた案内人が笑顔でやってきて、やあお待ちしてましたよこちらです、って僕たちを艦の外へ連れ出してくれるのか？」

「そうなるためにはアキレス号を作った人たちが、将来二人の男の子が閉じこめられるかもしれないからって理由で、案内ロボットを搭載しておいてくれなきゃいけないよなあ」

　自分でそう言ってから「ありえね」と目を閉じた。

「なんだかなあ。おれたち、ひょっとして意味のないことをしたのかな……？」

「というかだな、もし僕たちが過去へメッセージを送るのに成功していたなら」そうは思っていないが、ワランキは言う。「その結果起きたことを、僕たちはすでに知っていなければおかしくないか？　二百年前の科学者がメッセージを受け取ったということは、すでに起こったことなんだから」

「そうだよな」リュセージは真顔でうなずいた。「だから、おれたちは学者たちの返事をすでに受け取っているはずなんだ」

「受け取ってるのか？」

二人は数秒見つめあい、どちらからともなく目を逸《そ》らした。

「……ないな」「うん」

はあー、とため息をつく。

「待つしかないのか……」

「そうかもな。んっと」

自分の体をぺたぺたと撫で回したリュセージが、よし、と衣服を身に着け始めた。ワランキもそうする。シャツに頭を通して腕を出したリュセージが、「んとさ」とワランキの顔の前に腕を突きつけた。

心なしか目もとを赤くして言う。

「おれ、まだ匂うかな」

「……まだってなんだ。僕、そんなこと言ったか？」

「言ってないけど、引いてたし」

ワランキは瞬きし、朝食後のやり取りを思い出し、お互い誤解していたのだと気づいた。

「引いてない、気のせいだ。別に臭くないよ、おまえ」

「そっか」

安心したらしく、リュセージはふわりと微笑んだ。

「じゃ、下行くか。寒くなってきた」

「うむ」

ワランキはうなずいた。

だが穏やかな気持ちは長くは続かなかった。

サービスステージの機関制御室に戻ると、糧食が食い漁《あさ》られていた。引き裂かれたラミネートパックと飛び散ったソテーを見て、リュセージが凍りつく。ワランキは顔を覆った。

「ちくしょう……」

「ワ、ワランキ、何これ⁉　誰かいるぞ、ここ！」

「そうじゃない、リュセージ」

「そうじゃなくないだろ、見ろこれ。袋開けてる！　こっち、手のあとも！」

リュセージはハッと顔を上げて、周囲の物陰に緊張した目を向ける。まだ犯人がいるかもしれないと思ったのだろう。その恐れはあるが犯人は人ではない。ワランキは昨日見つけた大レンチをつかんで肩に担いだ。

「リュセージ、落ち着け。相手は人間じゃない。動物だ」

「動物？」

「ああ、サルだ。実は昨日出くわした」

その種類まですでに調べてあった。端末で画像を出して見せるとリュセージはうげっと舌を出した。

「アカアシドゥクラングール……何おまえ、こんなのに遭ってたの？」

「正確に言うと襲われた。その理由も今わかったよ。食い物を持ってないかと思われたんだ」

「だったら早く言ってくれよ」

「まあ、そうだったな。すまん」昨日はリュセージが動揺していたから様子を見たのだが。

「区画ドアを閉じたのは多分こいつだと思う。悪意の人間なんかじゃないから、心配しなくていいぞ」

「そうなのか」リュセージはうなずいたが、まずいものでも食べたような顔で画像を見つめた。「サルかあ、苦手なんだよな。なんでこんなとこにいるんだ」

「さあな。現役時代にペットにされてたか、この十五年でどこかから潜りこんだかの、どちらかだろうな」

ぼやきながら糧食を調べると、二十袋ほどあったもののうち、半分もが引き裂かれ、いくつかが持ち去られていた。単純に計算すれば、食いつなげる期間が半分になったということだが、リュセージは数字以上のショックを受けたようだった。

「この野郎、自分で食べるわけでもないのに、こんなにバリバリ破りやがって……」

「好奇心旺盛なんだろうな。わんぱくザルだ」

担いだレンチで肩を叩きながら室内を見て回ったが、サルはすでにいなかった。念のため残りの糧食を目立たないラックに片付けると、ワランキはふと思いついて言った。

「リュセージ、いっぺん区画ドアを見に行こうぜ。このレンチで開けられるかどうか、試してみたい」

「うん……そうだな」

浮かない顔だったが、リュセージはうなずいた。

サルを警戒しつつ区画ドアに向かい、改めて調べた。手に負えないように思える機械や設備でも、新しい道具を用意して取り組み方を考えれば、意外に突破口が見つかるものだ。だが、このドアを開けるのにレンチでは役に立たず、むしろ糸鋸《いとのこ》やドリルなどの隙間を広げる道具が必要だということがわかった。

「だめか……」

壁際を走るキャットウォークをとぼとぼ歩いてサービスステージに戻る途中、リュセージがしゃがみこんでしまった。通路の縁に腰かけて、鉄パイプの手すりの下から足を投げ出す。眼下は直立した蛇めいた樹木がのたくる、反応炉コアステージの巨大な空洞だ。

「なあ、ワランキ――おれたち、出られないのかな？」

「出られる」言下にワランキは答えた。リュセージのそばに立ち、腕組みして空洞を見下ろす。「親が捜してるし、僕たち自身も手を打った。今、僕たちは待っているんだ」

「それはどっちも確かなことじゃ……」言いかけてリュセージは首を振った。「ううん、待っているんだとしてもさ、もつのかな、おれたち」

「人間は水だけでも二週間生きられるんだ。そのうえおれたちには食い物もある。半月も待てば、さすがに何か来るだろう」

「じゃなくて、放射線」リュセージはぽつりと言った。「一日で八十ミリ越えたよな。おれ、初めて見たよ。あんなの」

「見たのか……」

ワランキは水浴びで流した肌が、またじっとりと汗ばむのを感じる。リュセージが線量計の数値に気づいていないなら黙っていようと思っていた。

「半月もいたら急性障害出るレベルじゃねーの？　これ。学校で習ったよな」

「出ても治るさ、病院で治療を受ければ」

「だとしてもほら。アレとか——精子とか」リュセージは青ざめた顔で股間《こかん》を押さえて、膝を閉じ合わせる。「一番やばいって。子供作れなくなるんじゃないの、おれたち」

「へえ、作るのか。誰と？」

「誰とって、誰かと作るだろ、将来！　まだ予定はないけどさ！」リュセージが振り向いて、無理に笑ってみせた。「とにかくおれたちはまだ作ってないんだから。作った後ならかまわないけど」

「僕は別にそのへんはどうでもいいな……」気のない顔でワランキはつぶやき、端末をまた取り出した。数字を見ながら言う。「気になるならアルミシートのショーツでも作って穿《は》けよ。僕はそんな無様なことはしないが。それよりもっと連絡手段を考えよう。昨日のFMが入った通信機、またいじってみないか？」

「望み薄だと思うよ。あれ以上のことは乗組員認証を突破できないと」そう言ってリュセージも自分の端末を取り出した。「昨日の通信に返事が来てほしいなあ」

「返事ってどこへどう来るんだ。メールで来るのか。二百年前から」

「それは来ない。アドレスを書かなかった」言ってから、そのせりふの間抜けさ加減に自分でも気づいたらしく、リュセージは口をひん曲げた。「そうだ、おれたち、もっと詳しくこっちの情報を書くべきだったんだ。アキレスのリュセージ、だけじゃメールも届かねー。……ん」

つぶやいてから、何かに気づいたらしい。忙しく端末を操作し始める。

「どうした？」とワランキは訊く。

「名前は書いた」

「だから？」

「だから、返信が来るなら、宛名が入れてあるはずだろ。おれたちの名前で」

「来ないんだろ？　戦艦の中だから、圏外で」

「そういう来方じゃないんだ。過去からの連絡なんだから。それは外から来るんじゃなくて、歴史資料の中に入ってるんじゃないの？」

「どの資料？」

「どこかの、だよ！」リュセージが振り向いて、かっと牙を剝く。「二〇一四年から今までに残された、すべての文書の中のどこかには、おれたち宛ての返信があるかもしれない。おれたちはそういうものを目にしてないけど、それは、おれたちがそんなものを検索したことがないからじゃないか？」

言いながら百科事典《ペッド》に条件を打ちこんだ。リュセージ・ラプラントとワランキ・レーベックのフルネームでの情報検索。即座に何十万もの資料がヒットしてくるが、目を通すと、どれもこれも無関係だとすぐわかる。無理もない、ペッドに入っているのは、現在二二三一年までに人類が築き上げた公開資料の大部分だ。その中には、二百年間に生まれたリュセージとワランキと同一の人名、それに人以外の名前も含まれている。呼べばそれらが全部提示され、障壁となって立ちはだかる。

「えい、邪魔すんな！」

条件を次々に加えて絞りこんでいく。戦艦、時間、カイアック、救助。そのたびにごっそりと該当件数が減っていく。あまりごっそり減りすぎて、そのうちにゼロになりそうだったが、そうなる前に奇妙な記録に出くわした。

「なんか出た、ワランキ」

「地球、ユーロブロック、ラテン準国のルーブル古資料共有体……？」

2D絵画だった。現在は電子化されてペッドに収められているが、ソフトで書かれたわけではなく、原型は物理画材に物理色材で描かれた、古く価値ある絵画だった。謎めいた笑みを浮かべる貴婦人の肖像だ。

モナ・リザの裏側に二人の名が書かれていた。

リュセージがそのトピックを読みあげる。

「親愛なるリュセージとワランキの二人へ、私たちは西暦二〇一四年の科学者です、あなた方の信号を受け取りました――えー！　マジかこれ？」

「嘘だろ……」

「マジだマジだ、やったワランキ、届いてた！」

有頂天になったリュセージが飛び上がって腕を叩く。ワランキは半信半疑ながらも、突きつけられた画面に目を通していった。文意はこちらが送った通信と整合する。コロロギ岳というのはなんだかわからないが、とにかく地名か何かだろう。

「ってことは、下のあの馬鹿でかい『ケイアックの蛇』は……」

「ああ、本物の時間蛇だ！　頭が過去につながってるんだ！」

「すぐ返事をする」ワランキはリュセージの肩を叩いて座らせ、向き合った。「文面考えよう。これで一気に生還の目が出てきた。チャンス逃さずやるぞ」

「うん」

リュセージがいきいきとした目でうなずいた。


三十分で次の文面を組み上げた。

「自分たちは、五八八番小惑星アキレスに住んでいる善良な市民だ。十五歳と十六歳。今はアキレス市の終戦広場に安置された廃棄戦艦の、反応炉区画の中にいる。あと十日は大丈夫（サバを読め、とリュセージが強硬に言い張った）だが、分厚い金属扉が閉じている。外にいるのは占領軍なので援助は期待できない。放射線量が高くて長居できない。宇宙服の要請は取り消す。扉を切り開ける道具を優先してほしい。

『ケイアックの蛇』はマングローブの木々に押さえこまれており、解放できない。外へ出られたら人と道具を用意して断ち切ってやってもいい。

情報はモナ・リザで伝わった」

そういった内容をできるだけ少ない符号数で信号化して、蛇を叩いた。

「返事、来るかな？」

「それより、どうやって来るんだ。検索をリロードすれば候補に挙がってくるのか？」

そんなことではなかった。

大レンチで蛇を叩き終わってまもなく、強いめまいがワランキたちを襲った。

「うわっ……」

平衡感覚がおかしくなったかのように、天井がゆっくり回り、現実が幾重にもかさなって揺れる。それは、今朝目覚めのときに感じたのと同じ感覚だった。

そして、劇的な変化が起こった。

『ケイアックの蛇』をがんじがらめに従えて、壁面高くまでよじのぼっていた樹根が、揺らめいてぼやけた。その代わりに今度は別の種類の植物が出現して、マングローブの木々と同じように『ケイアックの蛇』を押さえつけ、前にも増して青々と葉を茂らせて壁面を覆い尽くしたのだ。

ワランキとリュセージは、目を丸くしてそれを見ていた。

「どうなっているんだ、これは……」

「変わった、よな。植物の種類が。おれたちが蛇に伝えたせいか？」

「あれだけでか。あれだけでこんな、現実がこんなに変わっちまうのか。まるで魔法だな」

「魔法かもしれないし、おれたちには想像もつかない高度な科学力の産物なのかもしれねーな……」

おそるおそる植物に近づいて調べると、それは木ではなく草本の一種のようだった。葉や茎を端末で撮影し、パターンマッチングさせる。ペッドに該当する植物の資料があった。

「クズ、だって……」

それは日本原産の、繁殖力の強い蔓《ツル》植物の一種だった。

「これだったら木の根よりも剝がしやすいかな?」

試しに二人はナイフで葛の除去に取りかかった。だがすぐに降参した。木の根よりはましだという程度で、ケイアックにびっしりとまとわりついた葛の蔓も、十分に手ごわかったのだ。

「これじゃ埒《らち》があかないな」

パーカーのフードを閉じた姿で、二人は葛まみれのケイアックを見上げて嘆息する。下階は放射線量が高いので何時間もいたくはない。タラップを上がって上方に退避してから、一息つく。

「これって狙ってやったわけじゃないよな、きっと」

「だな、二十一世紀人にとっても予想外のことだったって気がする。なんとなくだが」

「報告しようか。マングローブがクズに変わっちまいましたって」

「ああ」

端末を開いたワランキは、ついでにまた名前で検索をかけてみた。すると、当然なのかもしれないが、またしても該当があって、モナ・リザの裏に自分たち宛てのメッセージが見つかった。

「マングローブ樹種の地球外持ち出しを禁じる国連決議を行いました。名目は貴重種保存のためですが、遵守されれば宇宙戦艦の中に木々が繁茂する事態は防げるでしょう。また、それとは別に、安全面での配慮から、宇宙船には大きさに応じて二つ以上の脱出口を設けておくよう義務づける、ガイドラインを作りました。でもこれは強制力がありません。二つもの出口が必要な大型宇宙船が私たちの時代には存在せず、実例を残せないためです。このまま空文化するかもしれず、そうであれば新たな手を考えます……」

それは前回目にした文面の続きに書かれていた。ワランキはつぶやく。

「モナ・リザを便箋《びんせん》代わりに使うのもたいがいだけど、二十三世紀の百科事典に収録されているデータをいちいち書き換えるなんて、一体どうやってるんだ、向こうは」

「違うよ、ワランキ。コロロギ岳はデータを書き換えたんじゃない」リュセージが知的興奮に目を輝かせて言う。「歴史の流れそのものを上書きしているんだ。モナ・リザに十二行しか書いていない過去を、モナ・リザに二十行書いてある過去で書き換えたんだ。すげーよ、ありえねえ！」

「よくわからんが、ありえない、というところだけは同意しておく」

ワランキは額を押さえて言った。彼としてはとにかく脱出したい一心であり、そのために歴史が書き換えられているという事態は、すごいのかもしれないが、正直に言ってやりすぎだとしか思えなかった。

「リュセージ、木の根が葛に変わったぐらいだから、今までなかった出口がポンと現れているかもしれないぞ。探しにいくか？」

「ン……どうかな」思案しながらリュセージはつぶやく。「行ってもいいけど、そっちは成功していない気がする」

「どうして」

「おれたちがまだその出口に行き当たってないから。昨日、歩き回ったときに」真顔でリュセージは言った。「歴史が変わって出口が増えたのならば、おれたちはそれが出現するのを目撃するんじゃなくて、『とっくに昨日外へ出ていた』自分たちを見つけると思うんだ」

「出て、親に叱られているところをか？」

「そう」

「……わからん、常識外れだ」

この件についてはどんどん自分の考えが通用しなくなっていくみたいだった。ワランキは本気で混乱し始めていた。

「じゃあ、ドア探しはやめて、また文通に専念するか」

「うん、伝えてみよう。マングローブは葛に変わっちまった。取り除くためには植物を切る道具がいる。出口は多分、増えてない。――考えてみれば、アキレス号にはすでに十分、非常ハッチがあるんだよ」

ありすぎて墓穴に使われちまったぐらいな、と言いかけたが、ワランキは慎重にその冗談を呑みこんだ。

文面を作成し、通信を送った。しばらく待ったが、今度は体感できるほどの変化はなかった。ペッドを検《あらた》める。モナ・リザにまた追記が現れていた。

「植物切断のための道具を物理的に送付します。アキレス号が廃棄される前、実際に航行したルートを、可能な限り詳細に伝えてください。難しければ出発地と到着地、それぞれの日時を伝えてください」

「わかるか？　これ」

ワランキが詰め寄ると、「待って」とリュセージは恐ろしく真剣な顔で端末をいじり始めた。

「多分これ、アキレス号の軌道要素に合わせて、あらかじめ物資をランデブー軌道に乗せておいて、こちらに拾わせるっていう意味だと思うんだ。でもそれはむちゃくちゃ難しい。なぜって、アキレス号は初航海の一回しか航行してないし、そのあいだは会敵予想ポイントまで隠密航行していたから。何か見つけたってむやみと拾ったりしない。発砲すると目立つから撃沈はしないと思うけど、できるだけ無視したはず」

「無視できないようにすればいいじゃないか。難破宇宙船のふりをするとか」

「それだ。コロロギ岳が送り出す物資に、トロヤ軍共用周波数の救難信号を発信してもらえばいいんだ」

戦後の今では、アキレス号がたどった正確な航路データも公開されていた。リュセージはそのデータと但し書きを添えて、また信号を送った。

するとまた、驚くべき変化が起こった。

周りのものが、自分自身が、幾重にもかさなったかのような、あの強いめまいが襲ったかと思うと——。


「リュセージ、ちょっと一休みしよう」

「ん、喉も渇いた」

ケイアックの蛇の地肌が見えないほど生い茂った葛を切り払う手を止め、キャットウォークに登って二人で腰を下ろした瞬間、強いめまいとともにワランキは、突然知った。

「お……なんてことだ、これは……」

つぶやきかけて、強い不安に襲われ、口を閉ざした。自分の意識の混乱が信じられず、放射線によって脳細胞がやられてしまったのかもしれない、とすら思った。

だが隣を見るとリュセージがやはり驚愕に目を見張っており、ワランキは決してただの妄想が頭に浮かんだのではない、と確信できた。

「なあ、リュセージ。これ――」と、昨日コアステージの一隅で見つけた、おそろしくよく切れる草刈鎌を手に取る。「僕たちが頼んで送ってもらったもの……なんだよな？」

「みたいだ」リュセージも心底驚いたといった顔で、自分の鎌をひねくり回した。「なんだってまた、おれたち二人を名指しで置いてあったんだろうと思ったら……こういうことだったのか！」

昨日、反応炉区画に閉じこめられたリュセージとワランキは、出口を探して歩き回る途中で、この草刈鎌を収めたカプセルを、フロアの片隅で見つけたのだ。ガンメタルブラックのスケルトン構造で、巧みに折りたたまれ、開くと旗のように柄が長くなった。恐ろしく切れ味が良くて、葛のつるに当てるとほとんど手ごたえもなく刃が通り、まるでケーキでも切っているみたいだった。それなのに誤って自分たちの手足に当ててしまっても、かすり傷一つつかなかった。シンプルな見た目のわりに、高度な識別機能があるみたいだった。

カプセルにはリュセージとワランキの名前が彫ってあり、開封した形跡があった。現役時代のアキレス号が発見し、回収してから、危険がないか確かめたのち、積んでおいたのだろう。ワランキたち当人が中を調べると、内壁にも文章があった。そこには、ケイアックの蛇を解放してほしいということと、そうすれば外へ出るため協力するといったことが書かれていた。

出口は見つからず、他に選択肢はなかった。二人は書かれた指示に従って、葛を切り払い始めたのだ。夜には機関制御室で休み、朝には最上層のプールでちょっと泳いでから、また作業を進めていた。

その最中に、自分たちは別の植物の生い茂る、道具のない戦艦の中を歩いてもいた、ということを思い出したのだ。——今いるこの場に収斂《しゅうれん》する前の世界で。

「一体このうすらでかい蛇だか虫だかは何かと思ったら、こいつがお膳立てをしてたのか……」

眼下に横たわるケイアックの蛇。それが時間を貫く長大な生命体だということも、ようやくわかった。

「時間蛇——ってだけじゃ足りないな。こいつ多分、もっとわけのわからない、すごい操作もしてるんだぜ、きっと」

リュセージが振り向いて言った。知的好奇心に目がきらきらしている。こいつはどこにいってもこうだ、となぜか安心感のようなものを覚えながら、ワランキはうなずいた。

「ああ。よくわからんが、いくつもの現実を貼り付けたり、剝がしたりするようなこともしてそうだ」

「想像もつかねー」リュセージは頭をぶるぶる振ってから、うんと伸びをした。「つかねーけど……すごいな。なんなんだろう」

「外へ出たら、大人や学者にも聞いてみたいもんだな。こんな代物がありえるのかって」

「ねーに決まってるだろ、こんな怪物」楽しそうに言って、リュセージが傍らをまさぐった。「さーて、気持ちがすっきりしたところで、もうひと働きしよう、ワランキ。この調子なら明日までには全部終わっちまうから」

床をまさぐる手が空振りした。リュセージは振り向いた。

灰色の毛に包まれた仙人のようなサルが、二丁の鎌を抱えて片手を床に突き、一目散に逃げていくところだった。

西暦二〇一四年　北アルプス嘶咽木《コロロギ》岳山頂観測所　一月

「次の通信だ」

インターネット経由での記者会見を終えた直後に、カイアクが言った。

ウェブカメラのセットを片付けようとしていた百葉は、「え、もう？」と振り向く。

「もう、だ。私はしっぽの先で起きたことを、即座にこの場へ伝えられる。君たちが未来に対して何かアクションをするたびに、しっぽの先からレスポンスが返ってくる」

「じゃあ、今度の通信は、私たちの会見に対するレスポンス？　なんて言ってるの？」

「会見に対するレスポンス、とはちょっと違う」カイアクはもったいぶっているように思えた。「会見を皮切りに、君や仲間が活動をはじめ、それに対して世界が反応し、それにまた君たちが対応し……そうやって二一七年いろいろやった結果、戻ってくる反応だ」

「わかったから早く教えて」

カイアクが身を震わせて伝えた信号を、百葉は最速でトンツーに直して、才谷煌海のアドレスへ送った。それから、送付したことを知らせるために電話をかけようとしたが、その途端に着信音がして、向こうから電話がかかってきた。

「岳樺です」

「才谷です！　岳樺さん、当たり当たり！　すごい！」

「なにが？」

「十五歳と十六歳！　うわーどうしよう、ど真ん中だよう」

「もう解読したんですか……」

「マクロ組んどいた、一発翻訳。どう？　岳樺さん的には、これ」

「その歳だと中学と高校かもしんないですね。制服違うの、片方だけビシッとしてて。あ、軍隊だと士官学校？　わかんないや」

「制服違い……！　待って待って、何その発想、やばい！」

「ビシッ、のほうが中身へたれてると、私的には高得点」

「あー、それもいいけど、私はやっぱり年下が憧れるにふさわしい先輩でいてほしい……」

「なんだか盛り上がってるな。よっぽど面白いことが書かれてたのか？」

後ろから水沢が声をかけた。百葉はくるりと振り向き、音声合成ソフトのような口調で言った。

「水沢所長。いま、文章解釈にまつわる大変高度な検討をしているので、ちょっと集中させていただけませんか」

「お、そうか」

彼は趣味人だが軸足は現実世界においている。この面での理解を求めようとまでは、百葉も思わなかった。

なおもしばらく、少ないパン生地《きじ》を発酵させて極度に膨らませるような会話をしてから、校正の手を入れた訳文を受け取って、電話を切った。

「おっちゃん、こんな感じだって。ものすごく詳しい」

「どれどれ……ほほお、こいつは」

善良な市民だと称するリュセージとワランキからの二度目の通信文を読んで、水沢はうなった。

「市民というからには市民社会があるんだな。終戦広場？　廃棄戦艦？　横須賀の三笠みたいな感じかもしれんな。む、被占領民なのか。弾圧されているのかもしれん。大変だな……マングローブ？　モナ・リザだと？」

水沢は顔を上げた。

「これは確かなのか？」

「確かです。解読者は燃えています」

百葉はきっぱりと言いきった。

「どういう経緯で前方トロヤ群の小惑星にマングローブ林なんかが生えているんだ？　あれは熱帯の汽水域の林じゃなかったか」

「だと思いますけど、さあ」首をひねった後、百葉はぽつりと言った。「褐色少年か」

「なんだって？」

「いえ、別に。経緯はわからないけど、地球から持ち出したのは確かでしょう。その根っこがカイアクのしっぽに絡んでるっていうのなら、マングローブの地球からの持ち出しを禁じればいいんじゃないですか？」

「それはそうだ。法律でも作って禁じてしまえばいい。宇宙船の出口を切り開けるのも、後から開けるんじゃなくて複数の出口を設置するよう法規制すればいいな」

　水沢はうなずいたが、じきに難しい顔になった。

「禁じればいいのは確かだが……理由をどうするかだな」

「理由なんかどうでもいいんじゃないですか？　だってそもそも、マングローブをロケットに乗せて得する人なんか、今の地球にはいないでしょうし」

「今はいないだろうが、得する人が将来出てくるから、持ち出されるんじゃないかね。持ち出す動機がわからないと、禁じようがないぞ」

「全部書きましょうよ。カイアクのしっぽを押さえることになるから、って」

「これはおれの勘だが、この話は多分、残らないんだよ」

「揉み消されちゃうんですか。メン・イン・ブラックに」

「そうじゃなくてな」水沢は首を振る。「人間がこれまで積み上げた知識の体系から、あまりにもかけ離れたところにあるからな。もちろん、時間生物の出現という事件だから、これまでの出来事とはかけ離れているのが当然なんだが、知識とは体系として理解されるものだ。おれたちがどんなに頑張って記録を残そうとしても、この事件は再び起きないし、追試もできない。そういうものの扱い方を、おれたち自身、よく知ってるよな」

「イカサマ科学扱いですか」

「三十年先の科学者たちは、そう書くだろう。おれたちは詐欺師だとみなされる。名前を出さなくてよかったぜ」

「私は別に悪名が残ってもいいんで、二人を助けたいんですけど……」

「入れこんだね」水沢はにやりと笑う。「おれも地球は助けたい。カイアク・ショックが消えた後も尊重されるような建前をつけて、マングローブ持ち出し禁止を決定してもらうよう、働きかけようか」

「保護されるべき貴重植物の乱伐《らんばつ》防止、ないしはそのシンボルとして」

「それに処女地である天体を、地球生態系で汚染しないための強化措置である、とかなんとかかな。それと非常口の義務付け。うん、なんだかできそうな気がしてきたぞ」

「で、それをモナ・リザに書く……んですか、私たちは」

「すでに書いてあったと子供たちがいうんだから、記者会見の時点でもう、歴史はそちらへ転がりだしたんだろうよ。カイアク流に言えば『楔が広がった』のかな」

「モナ・リザに落書きかあ……まあ、そうしなきゃいけない理由は見当がつくけど」

宝は残る。人類の至宝であるあの絵画ぐらい大切にされているものもないし、同時に、あれだけ人目に触れているものもない。どんなにたくさんのポスターを世界中に貼りまくるよりも確実に、文面を未来へ届けられるだろう。

もちろんそれは、一部の人々を激怒させるだろうが。

「人類の未来のために世界一の名画を犠牲にしろーっていうのは、なんかもうひどい究極の選択ですね」

「まあ、しかるべき筋へ頼むさ。プラス五百年もたてば、それも含めて歴史になるだろうよ」

天文学者の時間感覚は、時として常人のそれを大きくはみ出す。水沢は無頓着なことを言った。

ひとまず、メッセージが来たこととその内容、人類が取らねばならない行動についての提案をまとめた報告書を作り、本部ほかへ送付した。

そうすると、ぽっかりと暇ができた。

カイアクが現れてからこれまで五日間、観察や計測や報告や書類作り、あるいは壊れたドームの片付けなどに追われて、休む暇もなかった。その一方で、観測所にもうひとつある小型のドームに入って、何とかそちらの機材で太陽観測を再開できないかと、あれこれ試したりもしていた。だがそれはどうも無理らしいと、昨日の夜にわかった。

食堂で燃料の計算か何かをやっている水沢に聞く。

「おっちゃん、いま何か仕事ある？」

「今は、と……そんなにないかな。洗濯ぐらいか」

「まだ溜まってないですよね、洗濯物」

「だな。いいよ、休んでて」

「はあい」

高山でおっさんと二人だけという潤《うるお》いのない暮らしだから、自分流の時間の潰しかたというものは、もちろんある。別棟の階段で運動したり、電子書籍を読んだりする。だが、そういうことは今でなくてもできる。

百葉は厚着をしなおして大ドームに向かった。

カイアクはもう、直径四メートルに達していた。タンクローリーよりも太くなったということだ。そして雪をかぶっていた。煌海たちを早帰りさせた悪天候が続いており、ドーム内に吹き溜まりができつつあった。百葉は椅子を持ってきてカイアクの近くに一人で座る。

「これはほっといたら、雪とカイアクでドームがいっぱいになっちゃうな……」

もちろんそうなっては困るから、本部が対策を考えていた。松本には作業班が待機している。晴れたらヘリでやってきて、雪かきと仮の屋根張りをする予定だ。

だから、こんなふうに一人で話せるのは、今日が最後かもしれなかった。

「カイアク、カイアク」

「なんの用だね」

「用はないけど、ヒマんなったから。話をしない？」

「どんなことを？」

「あなたのしっぽの先にいる二人のこととか。もっと別のことはわからない？　性格とか、体格とか」

「しっぽを叩いているのは、おそらく大きいほうの人間だ」

「ふむ、そっちが働き者か。勢いのいい感じ？　慎重な感じ？」

「私が再現したとおりの打ち方をしている。正確で丁寧というべきか。文面の解釈は君たち人間のほうがうまいだろう」

「丁寧か。どっちにも解釈できるな……そういや、一番最初に『人間がいる』って気づいたのはなぜ？　そのころはまだ信号打ってこなかったよね」

「小さいほうがまだ何も知らない状態で私を軽く叩いたのだ。反射的に押し返したら、しばらく遠ざかっていた」

「お、リュセージくんは好奇心旺盛型か。いいね、それはいい」

しばらく百葉は埒もないことをあれこれ尋ねていたが、カイアクの実直な受け答えを聞いているうちに、別のことが気になってきた。

「ねえ、カイアク、話は変わるけどさ」

「なんだね」

「あなたはオス？　メス？」

でっかくなった輪切り大根は、しばらく沈黙した。

「逆に少々尋ねたいのだが」

「なに？」

「君とこの話を続けると、オス・メスという概念がやや混乱するようだ。メスというのは自分の体から子供を作り出す生き物の型のことか、それとも人間が一対一か一対他の社会的な付き合いをする中で、受動的に行動する役割の個体を差す言葉か、どちらの意味で言っている？」

「もちろん前者ですが？」

「もちろん、というほどはっきりした反応を示さないのだ、きみは。繁殖、そう、繁殖の話とそうでない話との反応が、区別しづらい……」

「あ、う、そう？」百葉はちょっと頬を赤らめた。「有性生殖をするとしたら、遺伝情報を与える役と子供の体細胞を与える役のどちらですかー、有性生殖しないとしたらどんなふうに増えるんですかー、という意味で聞きました。はい」

「意味がわかった。それで答えるが、大雑把《おおざっぱ》に言うならメスだと思う。私はもうじき個体を増やすから」

「へー、そうなんだ。それにしてはヘビーなお声。私も生物学的にはメスよ」

「そうか、ひとつは共通項があるということだな」カイアクはそう言い、付け加えた。「だが厳密に言うなら私はメスではない。私の仲間はみんな私と同じ性で、同じように個体を増やすし、個体の間で遺伝子の組み換えをしない。そもそも遺伝や進化という仕組みを取っていない」

「それはすごく面白いね。面白いってことはわかる。私が生物学者だったら、もっといろいろ聞くのに……」

体のつくりがいかにも単純そうで武骨なこの生き物も、別の角度から見れば意外に魅力的なのかもしれない。だんだんそんな気がしてきた。日ごろ人間に対してあまり感じたことのない興味が、湧いてくる。

「ねえ、あなたはここにぶつかる前、毎日どんな暮らしをしていたの？」

「毎日、というのは――」

「ああ、言葉のあや。いつも、ってこと」

「いつもか」感慨深そうな口調。「私の暮らしは、いつも『いつも』だ。時間は流れず、動きだけがある。でも時の泉にはそれなりに、変化や危険や楽しみというものがある。私たちは楔の周りを巡って、その複雑なひだ陰に隠れたり、絶えず分かれながら増え続ける楔の様相を見つめたり、仲間が多ければ押し合ってはじけたり、少なければ呼び集めたりするんだ」

「何を食べているの？　家や縄張りはあるの？」

「食べはしない。君たちのする食事は、ビッグバンで始まったこの宇宙が、最果ての白砂漠へ行き着くまでにたどる、無限段階のエネルギーの滴《したた》りの中の一段だよ。時の泉にいる私たちはそのカスケードであり、楔である変化を眺めている。食欲はない。家もない」

「それってつまらなくない？」百葉は顔をしかめる。「人生をでこぼこさせる上り坂と下り坂が、人間よりも少ないのかな？　あなたたちは聖職者みたいなものなんだろうか」

「比べられないね。私から見れば君たちは恐ろしく狭いところで、不便な在り方をしているように思える」

「まあそりゃそうかもだけど……でも私たちにだって、あなたのしっぽみたいなものはある。捨てたもんじゃないよ」

「しっぽがあるのか？」

「架空の尾が。その名を想像力という」百葉はにやりと笑ってみせた。「私たちは二百年先にはしっぽが届かないけれど、まるでその場が見えているみたいに話をすることはできるよ。それこそ肌触りや息遣いまで」

「観測と演繹《えんえき》は私にもできる」

「観測と演繹は私にもできるよ。科学者だし。そこからの飛躍を言っとるんだ、これは」

「ちょっとまた混乱してきた」まるで人間みたいにカイアクは言った。「君たちは観測と演繹をして知識を増やす役割なんだろう。この施設はそのために作ったものなんだろう」

「ああ、ごめん、職と趣味を混ぜて語っちゃったよ」百葉は苦笑した。「どっちにするかな、まあ趣味は忘れよう。うん、そうだよ、カイアク。私がここにいるのは、太陽を観測して活発さを調べるためだ。これは想像の世界を豊かにするんじゃなくて、現実の地球を救うのが目的だね」

「救うと言ったか」カイアクの口調が改まる。「君たちの地球には危機が多いようだな」

「こっちの危機は、あなたが持ちこんだ危機ほどドラマチックじゃないんだけど」

百葉は頭上を見上げる。いつの間にか降雪はやんでいたが、雲は濃い。コロロギ岳の高度だと、むしろ雲の中にいるといった様相になる。灰白色の綿の世界。

「私たちのお日様が、地味ぃに調子を落としててねー。日照が二パーセントとか三パーセントも減ってて、ひょっとして氷期の始まりかもしれないなんて話になっててねー。これ、外で言うと炎上するからここでしか言わないけど」

「……恒星の楔からは、常にとてもたくさんの楔が周囲に延びている。日照が三パーセント減るというのは、どの程度重要なことなんだ？」

「まあ天体を知らなきゃわかんないよね、それぐらい、たいしたことはないだろうって思うでしょ」百葉はふっと小さく笑った。「ところが気温への影響で考えると、相当効いてくるんだよね。みんな摂氏で考えがちで、気温二十度が十九度ちょいになってもいいじゃないなんて言うけれど、そうじゃなくて絶対温度三〇〇度の地球が、三パーセント冷えるってことだから。ごく単純な話にすると、年平均で九度下がるかもしれない。九度下がったら、大冷害だよ」

「……人間は天体や宇宙線の諸条件が、なるべく変動しないほうが生きやすい、ということかな」

「うん、そう」うなずいてから、ハッと百葉は気づく。「季節変化はなくてはならないものだからね。自転の傾きからくる一年周期の大気変動」

「時の泉からそんなことまで読み解くのはとても難しい」カイアクは困ったような口調で言った。「楔の中のもろもろは、とても複雑に絡まりあった条件のもとで存在しているんだな」

「そうよ。時の泉より、こっちの世界のほうがずっと複雑」

なんだか勝ち誇ったような気分で百葉は言った。

カイアクはまた、確かめるように尋ねた。

「恒星の変動から人間を守るためにやっていた君の観測を、私は妨害してしまったのかな」

「そうなるね」

「そうか」

カイアクはつぶやいて、静かになった。

妙なことに、未来からの通信文は、そのあとぱったりと途絶えた。翌日も、翌々日も音信はなかった。作業班が来てドームの応急修理を始める中、不思議に思って百葉は聞いた。

「ねえカイアク、あなたは未来のトロヤ群で、とっくに返事を受け取ってるんじゃないの？　何か理由があって止めてる？」

「受け取っている・いないという、時制にこだわる表現をするならば、『受け取っていない』。受け取るのは二一七年先だ」

「わかってる、それはわかってる」相変わらずわかってはいないが、便宜上そう言った。額を押さえて続ける。「えーと、時の泉にいるあなたは、新しいメッセージを受け取る場所に接触しているの？」

「していない。君たちがまだ、それの生じる楔を作り出していない。要するに手続きがすんでいないんだ。だからメッセージを渡せない」

「私たちは何かをしなくてはいけないの？　それは何？」

「それがわかれば、近未来の君が教えてくれているはずだ。教えてくれないということは、その楔は君たちの一存で作り出せるものではないのだろう」

「があああややこしい……」髪の毛をつかんで、百葉はカイアクに訴える。「待つしかないの!?」

「だと思う。ただ、初日に君に伝えたように、近未来の君が、この事件が十日で終わると教えてくれている。その間にはなんとかなるのじゃないか？」

「そんな無責任な……」

だが間もなく、カイアクのそのアドバイスが正しかったことがわかった。

カイアク出現から七日目の夕方、観測所に電話がかかってきた。百葉が出た。

「はい、コロロギ岳観測所です」

「岳樺君ですか。台長の柳丘です」

組織トップからの直接連絡だった。百葉はかしこまって水沢を呼び、そうせよとの仰せだったのでスピーカーホンにして、一緒にお話を承《うけたまわ》った。

台長はこちらの苦労をねぎらい、カイアクの地震予言が当たり続けていることに驚きを述べた上で、非常に重要な筋から申し入れがあったので直接話をしてほしい、と切り出した。本来なら君たちにこちらへ来てもらうのが筋なのだが、とても遠いことだし、カイアクを動かせないという事情があるから、特別に電話で話をしてもらいたい、と言った。

「それは、ご指示とあれば、誰とでもお話ししますが」水沢が慎重に返事をする。「どなたでしょう」

「総理だ」

電話の向こうでごそごそと持ち替えの音がして、選挙報道や国会中継で聞いたことのあるちょっと甲高い声が、もしもし、と名を名乗った。百葉たちは顔を見合わせて、目を見張った。

「コロロギ岳観測所長の水沢と申します。ご用件はなんでしょう」

「はい、わたくしは、あなた方の柳丘さんから、大変なことをお聞きしました。そちらにいるカイアクという生き物は、未来がわかるそうですね。外国の地震を、ぴたりぴたりと当てている。その数字も、拝見しました。とてもすごいことです」

「いたみいります」

再び、水沢は慎重かつ無難な返事をする。渋い顔だ。

電話の相手が続けた。

「その能力を見込んで、一つお願いしたいことがある。いや、うかがいたいことがある。

教えていただけますか？」

「何を、でしょうか」

「わたくしの知りたいことを、です」

「はい、私どもにわかることなら」

「では、どうぞ」

総理大臣がそばにいる誰かに電話をゆずったのだろうか、と百葉たちは考えた。

だが、何も聞こえてこない。しばらくして「もしもし？」と水沢が言った。

すると向こうはまた、「どうぞ」と言った。

奇妙な沈黙が続いた。

やがて向こうから、「わかりませんか？」と言ってきた。

百葉は、はっとあることに気づいて横から口を出した。

「観測所員の岳樺です。総理……さん、あなたは、私たちが未来から受け取っているはずの言葉を言え、とおっしゃってるんですか？」

「ええ、そうです。どうぞ」

電話の向こうの声は、少し咳きこみながら、生真面目な口調で言った。

百葉は素早く頭を巡らせた。未来からの伝言があるなら、それはすでに現在のカイアクのところまで来ている。

「私、聞いてきます――」

だが、そう言って立ち上がったとき、水沢が袖を引っ張った。残る手で送話器をふさぎながら言う。

「ももちゃん、『手続き』だ。未来から伝言をほしいと思うなら、それが確実に来るように手を打っておかなければならない。今の場合、その伝言がなんなのかを確実に知っているはずの人間は、その話を切り出した相手のほうであるはずだ。総理に頼むんだ！　それをせずにカイアクに聞きに言っても、伝言は来ない！」

百葉も同じことを考えていた。席に戻って、電話に訴えた。

「総理さん、伝言を受け取るためには、伝言が送られなければなりません。まず先に、今この通話がどう終わろうと、未来においては必ず、今あなたが送るつもりでいる伝言を私たちに託してくださると、約束してくだささい。よろしいですか？」

「約束しましょう」

それを聞くと百葉は立ち上がり、ダッシュでドームに向かった。扉を開けて入った途端、カイアクが言った。

「黄色のランチボックス、グレーの革靴、五月一五日、だそうだ。モモハ」

「わかった、ありがとう！」

百葉はとんぼ返りに戻って、送話器をつかんだ。

「黄色のランチボックス、グレーの革靴、五月一五日です、総理さん！」

返事はなかった。いや、かすかにあった。かすれるような息遣い。

やがて深々としたため息と、「そうか……」という声がした。

「信じられん……本物か」

「当たっていましたか？」

「どうもありがとう。柳丘台長から、あなた方は信頼できると聞いています。このことは、内々に願います」

「あの、総理さん——」

返事はなかった。ごそごそと音がして、総理大臣よりはなじみのある声が、「ご苦労様だった、二人とも」と言った。

そのあとは特別に何かを聞かれることもなく、ねぎらいの言葉だけで電話が終わった。

百葉は狐につままれたような思いで、水沢に尋ねた。

「今の、なんだったんでしょう？」

「暗号だろう。自分しか知らないはずのことをおれたちに言わせて、確かめたんだ。ランチボックスや革靴って文句自体には、意味はないんじゃないか。あるいはあるのかもしれないが」

「カイアクが本物の時間生物であることを、あの人が確認した、ってことですよね」得体の知れない不安が湧くような気がした。「それって、いいことなの？　悪いことなの？」

「わからんなあ。ただ、おれが総理なら、本物の予知能力が手に入ったら、決して手放さないだろうと思うんだが――」

そのとき、ブーッとブザーの音が鳴った。ドームにいるカイアクの発声の振動を捉えて食堂へ知らせるものだ。二人がドームへ向かうと、カイアクが言った。

「モモハ、通信がある。未来の君からだ」

「あ、うん」

「二月の私へ伝えます。総理に連絡して、こう言って。黒いゴルフボール、二三〇万。これで総理はカイアクを永久に日本に留めようとするのをあきらめて、素直に協力してくれるようになります。はい、これで手続き成立」

「黒いゴルフボール、二三〇万ね。カイアク、これどういう意味なんだと思う？」

「それはな、たぶん、国家崩壊とか滅亡、そのような重大な意味を持つ、総理本人のスラングだと思う」

「国家滅亡!?」百葉はぎょっとする。「なんでそんなことがわかるの？」

「現在、この楔の行く先では、人類が非協力的な態度を取り続けた挙句、何年か先に私がコロロギ岳をまたぐほど大きく長くなって、高山から松本市までの何もかもを押しつぶす未来が見えているからだ」

「楔のそちらへ行かないために必要なのが、今の言葉だというわけだ。さあ、百葉。それをさっきの相手に伝えるんだ」

「ちょ、ちょっと待って」百葉はあわてて言葉を差し挟む。「なに、そんな最悪の将来もありうるわけ？　その世界の私やおっちゃん、どうなってるの？　まさか廃墟をさすらってる？」

「そうだな、そうかもしれない。——ただ、断っておくが、時間の楔とはもともとそういう性質のものだ。のたれ死ぬ君から、信じられない幸運に恵まれ続ける君まで、無限の可能性をはらんでいる。二一七年先のトロヤ群へつながっているのは、あくまでもその中の一部だ」

「私がキーワードを総理に伝えることで、そんな暗黒の未来へつながる楔が消される？」自分の言葉を確かめるように、百葉はつぶやく。「その場合、暗黒の未来にいる私はどうなるの？　煙みたいに消えるの？」

「君は別の楔へつながる」カイアクはゆっくりと嚙んで含めるように言う。「何度も言うが、不幸な君も幸運な君も、どちらもまだ存在していない君なんだ。それは消えるのではない。ないからないい、になる」

「なんだそりゃあ……」

「わっかんねえ……！」

ぎゅっと目を閉じる百葉に、カイアクがさらに言い聞かせた。

「今この場にしか生きていない君が、過去や未来の君のことを考えるから、そのように混乱するのじゃないか。君は今の君だけでしか居られないんだ。言うなれば君は想像力というしっぽの先を、植物の根に絡め取られてしまっているんだ。引っこめられるならば、引っこめたらどうだろう？」

「そうする……」

考えないように、考えないように。自分に言い聞かせながら、百葉は国立天文台台長へ電話をかけ、あの人に伝えてほしい、と二つの不吉なキーワードを託した。

その直後、また食堂のブザーが鳴った。なかばうんざりした気分で、百葉はカイアクと対面しに行く。

「手続きが整った。今までの一連のやり取りで、君たちの楔がトロヤ群の二人を新しい段階に導くことができ、反応を引き出すことになった。通信文が届いている」

受信し、トンツーにして、才谷煌海へ送るという一連の作業。五分もしないうちにまた電話がかかってきて、彼女が言った。今度はややいぶかしげだ。

「マングローブが葛に変わったんだって」

「……葛ぅ？」

「ジャパニーズ・アロウルート、クズバインってわざわざ書いてるから、間違いないと思う。マングローブの代わりに、カイアクのしっぽを押さえこんでしまってるらしい。切ってもきりがないとか……あと、脱出扉はもともと複数あるけど、今いるところからは出られないらしい」

「そいつは難問ですね」

電話を切って水沢と話した。

「マングローブが葛に変わるって、あるんですか、そんなこと」

「いや、ないだろう、いくらなんでも。時間の楔が変動して、何かおかしなことになったんじゃないか？　一応調べてみるが」

しかし二人が調べた限りでは、その二つはまったく別の種類の植物で、お互いに変異したりはしないようだった。

翌日に報告書を出したところ、上のほうで調整が進んでいたらしく、すぐに熱帯植物の専門家から助言の申し出があった。事情をできるだけ簡略化して意見を聞いてみると、それは時間の構造云々よりも、単純な生態学の問題ではないか、と指摘された。

「いったいに動植物は意図的な移入で広がることもありますが、それよりはるかに多いのが、移動する人間に便乗して意図せずに、あるいは意図に反して広がる例です。そして移入先に適当な生態的地位《ニッチ》があれば、そこに入りこみます。お話を聞いた限りでは——それが本当かどうかという議論は、また日を改めてやらせていただきたいものですが——現場は蔓性植物にきわめて好適の環境を備えているようですから、マングローブを取り払ったことで、葛のような別の植物が繁殖したのは当然だと言えるでしょう」

「なぜ葛なんでしょうか」

「葛であることに特段の意味はないと思います。たまたま種子があっただけのことでしょう。葛の繁茂を予防すれば、また別の植物が同じように生い茂るはずです」

アドバイスを受けた水沢は、天を仰いだ。

「何をどうやっても戦艦の中には草木が生い茂っちまうってことか！　一体どうやれば防げるんだ？」

「戦艦そのものの建造を禁じてみたらどうですかね」

「隣国の脅威が著しいときに、二百年前の規定を墨守《ぼくしゅ》して軍拡を思いとどまるような人々が、二十三世紀に栄えているだろうか？」

「だめだ、なさげだ」

「ここはもう奇手に走らず、正攻法を突き詰めてみないか？」

「というと？」

「カイアクの尾を自由にしてほしいんだから、二人に根っこを切り払ってもらえばいい」

「それが無理だから、最初から生えないようにしようって言ってるんじゃなかったですっけ？」

「だからさ、無理なのは適当な道具がないからだろう」水沢はゴルフの素振りのような仕草をする。「チェーンソーでもなんでも、もう直接送りつけてしまおう、彼らの居場所に」

「それむちゃくちゃ難しいですよね？　私たち、たった一本の通信文を送るためだけに、モナ・リザを借りようみたいな苦労してますよね。なのに、チェーンソーなんか送れますか？」

「メッセージを送るのが難しいのは、それに実体がないからだ。なんらかの媒体が二一七年先まで残って、向こうに見つかるような形で届かなきゃならない。それがあまりにもあやふやだから、モナ・リザのような最大限有名な媒体に頼ろうとしているわけだ。しかし、モノを送ればモノ自体が情報を運んでくれる。どこの誰に送りたいかも、モノ自体に記入することができる」

「理屈はそうだけど、それ、悪意に弱いかもですよ」百葉はだいぶ弱気になっている。

「誰かにねこばばされたら終わりじゃないですか」

「ねこばばされないようにする、または、されても余るようにしておけばいい。もう宇宙空間へ打ち出しておいてしまうんだな。いったん惑星間空間へ出せば、ランデヴーコストのほうがはるかに高いから、誰も追いかけようなんて思わなくなるだろう。中身はただのノコギリだと明記しておけば、なおさらな」

「二百年の間には、ただのノコギリを宇宙空間へ送り出すなんておかしいって勘ぐる人が、絶対出てくると思います」

「じゃ二本送っておくさ。二十本でもいい。予算の許す限り送ろう」

「一本でも送れたらいいと思いますけど」

何はともあれ報告書を書いた。物体を物理的に送ろうというのだから、相手の場所を極限まで正確に知る必要がある。ニュートンの見つけてくれた慣性の法則があるから、西暦二二三一年の天体アキレスの位置は、二〇一四年の現在からでもあるていど予測できる。そこへ向かってロケットで荷物を送り出すことも、不可能ではない。木星探査機を送るのと同程度以下の労力で可能である。まっすぐ送ったら数年でついてしまうから、何十回も太陽の周りを大回りさせることになるが、そんな長期航行の軌道を計算することも、現代のコンピューターの能力なら朝飯前である。

難しいのは、漂流中に隕石にぶつかったり、未発見の小惑星などに近づいて、引力で軌道を曲げられてしまう場合だ。それが起こったら荷物は届かなくなる。またそういう事故は必ず起きるものだ。太陽風による微小なドリフトも蓄積するだろう。

だが、事故は荷物の数を増やすことで回避できる。一つの荷物が無事故で届く確率は高くないが、また、タイミングをずらして送りだした二十個の荷物が、すべて迷子になってしまうことも、宇宙では同じぐらいありえないのだ。

しかし目当ては天体アキレスではなく、そこに廃棄されるはずの宇宙戦艦だ。宇宙戦艦だから当然、現役の間は動いていたに決まっているが、航行中には見張りを立てていたはずだ。船という乗り物が周囲を見張らないことは、絶対にない。人間か、機械か、あるいはほかの何かかはわからないにしても、二十三世紀の宇宙船だって必ず見張りを立てるはずだ。こちらの荷物がある程度近くを通るようにすれば、見つけてもらえるだろう。

だから、宇宙戦艦が過去にたどった航路を、わかる限り正確に教えろ、と書いた。

それを送るとコーヒーの一杯も飲まないうちに、もうカイアクから呼び出しがかかった。

「新しい通信だ。メモしてくれ」

「なんでこんなにポンポン来るの！　どこか、途中で詰まってたのが一気に流れだしでもした？」

「君たちがいろいろやってきたから、君たちのあげた提案が、そのまま国際ステージでの討議にかけられるような流れが、ほぼできあがったんだ。メモの用意はいいか？」

ルーチン化した手順で才谷煌海へ頼んで文章を解読。すぐに煌海は連絡してきたが、今度もあまり嬉しそうではなかった。

「訳しきれない数字がたくさん来たわ。電波の周波数らしいのが一セットと、別のセットは時刻と天体の座標、ベクトルかなんか。でもぱっと見、ものすごく厄介そう。赤経赤緯でも、黄経黄緯でも、銀経銀緯でもない。どこ原点の何座標系よ、これ」

「電波天文の人にそういうこと言われると、ハードルがガチ上がりなんですけど。解釈の得意そうな人の心当たり、ないですか」

「あるよ、言われてみればうちこそ適任よね。周りに声かけてみる。時間ちょうだい」

今度はさすがに、五分や十分で解いてきはしなかった。丸一晩待たされた。正確には四分の三晩で、明け方の四時に電話で叩き起こされた。

「解けた。最初は太陽系天体のどれかが原点なのかと思ったけれど、そうじゃなかったわ。前方トロヤ小惑星群全体における重力中心、つまり太陽‐木星系のL4ポイントを原点とした、ラグランジュ運動方程式での航行記録よ。トロヤ群に住む人間が、そこから惑星間宇宙船を送り出して運用するのに、一番適した表記法ね。別に今まで疑ってたわけじゃないけど、これを見て私、確信した。リュセージもワランキも、正真正銘、未来のトロヤ群にいる。東京の子供がJRと地下鉄の接続を覚えるのと同じぐらい、あの子たちはこの手の式に親しんでいると思うな」

「二人のどっちかに理系属性がつきましたね。私はワランキ」

「私、もうどっちでもいい。この子たちに死なないでほしい」

二一七年先に戦艦が航行するはずのルートが正確にわかった。今度はそこへ向けて荷物を送る段取りを整えねばならない。

「今発射して二百年もたせるのと、二百年ぐらい申し送って直前に発射させるのと、どっちが確実ですかねえ……」

「そういう場合は、『どっちも』だ」

見つかりやすく、誤解されず、耐久性の高い容器の開発。正確な進路を取らせるための信頼できる航法装置。それに何より、草刈りの経験がゼロかもしれない未来人が、小惑星の低重力下でも使用できる、安全で切れ味のいい道具の選定が必要である。と同時に、二人の少年と過去未来の人類を救うために、それが必ず送られなければならないという説明も、確実に申し送りされなければならない。

八日目、二人はそのような具申書をしたためて、本部に提出した。

それと折り返しの形で、また東京から連絡があり、昨日伝えられた合言葉のようなものを改めて聞かされたので、それをカイアクに託して過去へ送ったりした。

それから間もなく、大ドームの中で、ちょっとした一軒家ほども大きくなり、望遠鏡を支えていたコンクリート製のピアをへし折ってしまったカイアクが、言った。

「新しい通信文が来た」

百葉たちは、それを煌海に送った。

煌海の返事は、その内容に不釣合いなほど、いつになく真剣だった。

「サルが出たって」

「……サル、ですか？」

「戦艦の中にラングール猿っていうのがいて、草刈鎌を奪われたって言ってる。鎌そのものは届いたみたいだけど」

「ラングール猿……それってやっぱり、持ち出しを規制したりすると、別の生き物がニッチを埋めるためにポンと出てくるんでしょうか」

「私にはわからない。サルをつかまえて鎌を奪い返すことができればいいんだけど、それよりもっと重要なことがあるの」

「なんですか」

「あの子たち、一日百ミリシーベルト近い放射線を浴びてる。日付からすると、もう三日も」

「うわぁ……」

百葉は絶句した。それがどの程度の被曝量なのか、聞いただけでわかってしまう国に二人は住んでいた。

「放射線障害予防薬をくれって言ってる。そういうものがある時代の子供たちなのよ。でも、私たちは、まだ──」

そんな薬を作り出していない。

そして、二百年ものあいだ薬を保存する方法も、手にしていない。

A.D.2231　588-Achilles

「ワランキ、そっち行ったそっちそっち!」

曲がり角の向こうの叫び声を聞いて、ワランキは身構えた。足音が急速に近づいてくる。

「来い……!」

腰を落として待ち構えるワランキの視界の上端を、何かがかすめた。

はっと顔を上げる。サルは見事にワランキの頭の上を飛び越え、あろうことかしばらく壁を走ってから、通路に飛び降りた。待ち伏せを予期して、曲がり角の直前で壁の蔦を這い上がったらしい。

「あっ、この……待てこら!」

叫んで身を翻しても、もう遅い。灰色のすばしこい生き物は、あっというまに蔦まみれの通路の奥へ逃亡してしまった。

「ちくしょう!」

ワランキは壁を殴りつける。そのそばに、追い立て役をやっていたリュセージが追いついて、膝に手をついた。はあはあと激しく息を吐く。

「なんだよ……おまえ……おれより背が高いくせにさあ……」

「うるさい、あいつが跳んだら跳んだって教えろよ。あんなの予想できるか」

「あー……おれのせいにすんの？」

見上げる顔に不満の色がある。だって見てたんだろう——と言いかけて、ワランキはぐっと怒りを呑みこんだ。

そんなのは八つ当たりだ。僕が自制しなくてどうする。

「……いや、言い過ぎた。逃がした僕が悪かった」

「あっそう」

リュセージは体を起こして、ふうっと額の汗を拭った。走ったにしても、顔色が赤すぎた。

「休みたい。もどろっか」

「ああ」

歩き出したワランキも、まっすぐ立っていられるよう気をつけねばならなかった。妙に動悸がして、気を抜くと体が傾いた。全身の肌に、うっすらとむずつくような痒《かゆ》みを覚える。

「蒸気のせいだ……絶対そうだ」

つぶやきを聞かれてしまい、なんでもない、とワランキは首を振った。

「ワランキ？」

あのサルに草刈鎌を奪われてから、丸一日。

その間、鎌を取り返そうと努力をした。サルを追って走り回り、途中からはサルが鎌をどこかへ置いてきてしまったので、それを探すこと（そして、視界にサルが入ると追いたてること）が主眼となった。

だがサルは捕まらなかった。知恵を絞って袋小路や通路の端に追い詰めても、悪魔的な身のこなしでこちらの手をかわし、逃げ延びてしまうのだった。

「くそっ、一体何を食ったらあんなに元気なんだ？」

「木の葉っぱとか皮だろ。そんなのでよくあんなに暴れられるよな」

「木じゃない、もうツタだ、葛だ」

そんなものを食べて、戦艦の廃棄以来十五年も生きていられるのだから、よほど胃袋の強靭なサルなのだろう。

サルがどこかから入ってきたという可能性は、二人とも除外していた。戦艦の外が惑星地球の熱帯地方ならともかく、厳格な環境管理の施された宇宙都市なのである。野生のサルなど居はしない。町で飼われていたものが逃げてきたなら、その時点で徹底的な捜索が行われたはずである。しかしそんな騒ぎは二人とも記憶になかったし、ペッドの年表にも記録されていなかった。

だからサルは、アキレス号の現役時代に積みこまれ、そして放置されたもののはずだ。それが終戦時の混乱で忘れられたのだろう、地下に沈みこんでいる原子炉や、この区画そのものの存在とともに。

とはいえ、サルの出自は大きな問題ではない。問題はサルが鎌を持ち去ったこと、そのせいで「ケイアックの蛇」の葛を切れないこと、そのせいで脱出のための協力を過去に向かって要請できないことだった。

いや――。

「なあ」

機関制御室の隅にパーティションや断熱シートなどを寄せ集めて作った、巣の中に横たわって、ワランキはささやく。

「二百年前の科学者たちって……本当に、おれたちを助けるつもりで手伝ってくれてるんだろうか」

「へ、何言ってんの？」壁にもたれて足を投げ出したリュセージが、聞き返す。「そういうつもりだろ？　でなきゃ、なんでこんなにいろいろやってくれてるんだよ。通信送ったり、鎌届けたり」

「そのへんは全部『ケイアックの蛇』を解放するための援助だよな」

「だからそれをやる代わりに助けてくれるってことだろ」

「そうならいいが」絶望して泣き出したりするいっぽうで、信じた相手はどこまでも信じるリュセージの性格を、ワランキはうらやましく思う。「でもやっぱり、二百年前から助けを寄越すっていうのが、どだい無理な行いのような気がする。──たとえ本人たちはやる気があるとしても」

「何が言いたいんだよ、おまえ……」

「葛なんか切ってないで、もう一度、いや見つかるまで、自力で出口を探すべきじゃないか？　僕たち」

リュセージは陰りのある眼差しでワランキを見ていた。心なしか息が速い。

「頭いてーよ」

「僕もだ」

「気分悪い」

「僕もだ」

「実は、すげーだるい。これってさ」

「ああ、多分な」

「風邪？」

「ああ、アキレス風邪といって宇宙戦艦に閉じこめられた子供がかかる特有の、ってそんな病気あるかよ」

言葉半ばにして真顔で隣の肩をポンと叩くと、「めっずらしー、ワランキがボケた……」と目を丸くした。

放射線障害という言葉は口にしたくなかったが、今体験しているこれが学校で習ったその症状に当てはまることは明白だった。リュセージだってわかっているに違いなかった。

やがて彼が小さくうなずいた。

「いいぜ、出口探し。ワランキがそうしたいって言うんなら」

「行くか」

「ああ」

はずみをつけて二人は立ち上がった。

とはいえ、新たに出口探しをする区域のあてがあるわけでもなかった。簡単に入れるステージはすでに歩いてしまったし、それ以外の場所は植物の繁茂が激しく、入る気になれなかった。

二人はまるで、重力のある「住庭《カダンゴ》」の中を、重い荷物を背負っていくかのように、一歩一歩ゆっくりと歩いた。火山の火口へ向かうような長い階段を下りながら、リュセージが、小さく乾いた笑い声をたてた。

「はは……さっきのサルのほうが五倍も速いぞ、これ」

「ろくなもの食ってないからな」

「だよな。あのカロリーバー、ぺらっぺらに乾いててさ。食うと舌にも喉にも張り付くんだもん、窒息するかと思っ、とっ」

リュセージがずるっと足を滑らせた。とっ、とっ、と踏みとどまろうとする。三段下が踊り場で、その先はコアステージの空洞だ。金属パイプの手すりにドンとぶつかる。

パイプの溶接箇所がバキンと割れた。少年はくるりと前のめりに落下した。

「わ――」「馬鹿!」

ワランキが飛び出してパーカーの裾をつかみ、勢いがつく前に力いっぱい引き戻した。

リュセージは折り返しの下り階段に叩きつけられ、ダ、ダン! とそのまま四段ほど落ちた。

「いってえ!」

「馬鹿――気をつけろ!」

ワランキはリュセージを引き戻した反動でかたわらの壁にぶつかり、肩を押さえてうめいた。

「ご……ごめん……」

胸を押さえて蒼白な顔をしたリュセージが戻ってきて、大丈夫か、と肩に触れた。

そのあと、踊り場に腰を下ろして休んだ。歩き回る気力がすっかり萎《な》えてしまった。

手すりのなくなった踊り場からは、間違っても足を踏み入れたくない、複雑に絡み合った吸気管やらベント管やら、ワイヤーソーのような超伝導線が見えた。そこに落ちなかったのは幸運だったのだろう。だが、今のワランキはその幸運を喜ぶ気力もなかった。ただそのぽっかりと空いた巨大な空洞と、自分の無力感とを、重ね合わせていた。

僕はもう、燃え尽きちまいそうだ。このアキレス号と似たようなものだ。エネルギーの元になる心臓を抜かれて、外側の殻だけになった死骸……。

何か不快な感じがした。何かが、おかしかった。

「心臓……」

「心臓？」

「心臓、どこだ」

ワランキは自分の胸に手を当ててつぶやいた。先ほどの失敗ですっかりしょげていたリュセージが、不思議そうに言う。

「何、ワランキ？　大丈夫？」

そう言って胸に手を触れてきた。心臓動いてるだろ？　と心配そうに言う。どうも、こちらの心臓がというより、精神がおかしくなったと思ったようだ。その手を握り返して、ワランキは引っ張った。

「アキレス号の心臓だ。主反応炉はどこへ行った？　この、ばかでかいホールにあったはずのメインコアは！」

「ヴェスタ軍のところだろ？」リュセージは戸惑いつつも、当然だと言わんばかりに答える。「あいつらはエネルギーに飢えてる。アキレス号から外して持っていっちまった」

「だから、それだ。それはどうやったんだ？　外して持っていった？　こんな大きなものをか？」

　ワランキは立ち上がり、両腕を広げて、大劇場めいた空間全体を示してみせた。

「どこから反応炉を出したんだよ。どの出口から！」

「あーっ！」

　リュセージもまた、すごい声をあげて立ち上がった。ワランキの手を逆に引っ張り返して、噛み付くように言う。

「艦体セパレートだ！」

「なんだって？」

「艦体セパレート！　アキレス号を建造したときの方法！　反応炉って巨大な一体物で、艦が完成してから中に入れられるようなものじゃないから。下艦体と、上艦体を作って、その間に反応炉をインサートしてから、艦を閉じたんだ。アキレス号はもともと二つの部分からなってるんだよ。反応炉を取り出したとしたら、それを逆にやったに決まってる！」

「それって、ひょっとすると、『小陽《トップ》』と同じってことか？」

言われたリュセージが、「そ、そうだ。きっとそう」とうなずいた。

「そうか、おまえの爺さんたちは、もともと『小陽《トップ》』の技術者だったもんな——」

天体アキレスの近傍で熱と光を供給する人工太陽『小陽《トップ》』。その構造は上半球と下半球、そして中心の融合炉心からなっている。軍備をもたなかったトロヤ人が戦艦を作ったとき、扱い慣れた大出力施設の構造を参考にしたのは、むしろ当然のことだったろう。

「それ、できると思うか？　艦体セパレート」

「ここでやるのか？　それを」

「やれば、ばかでっかい出口ができるじゃないか」

ワランキは笑ってみせた。

リュセージは物も言わずに抱きついてきた。

すぐに機関制御室に戻って手順を探った。希望と同時に、困難も予想していた。艦を真っ二つに割るようなことが簡単にできるわけがない。だが、それがさほど煩雑な手順を必要としないだろうことも確かだった。理由は、ヴェスタ軍がそれを一度やったはずだからだ。彼らは補助原子炉や艦内森林を丸のまま放置していくほど不精なのだから、艦体セパレートがそれらの整備より難しいということはないだろう。

機関制御室のオペレーター席にしがみついたリュセージは、訓練を受けたプロが操作することを前提に作られた機関システムを相手に、懸命に方法を見つけようとした。

「機関マスター……機関始動手順、定速運転、戦闘出力……違う。運転じゃない、整備のほうだ。こっちか……A整備、C整備、Q整備？　何これ？　違う、艦体セパレートだっつーの！」

四十分ほどもかかったが、苦労の甲斐あって、それらしい項目を発見した。だが、その操作を調べたリュセージは首を振った。

「だめだ、操作制限だ。乗組員認証がいる。それも兵や機関長レベルじゃなくて、副長以上の権限がないと」

ホロ画面に認証待ちの赤文字が点滅した。リュセージは落胆して硬い顔だ。だがワランキには手がかりが見えていた。

「リュセージ。気を悪くしないでほしいんだが……おまえの爺さんに、手伝ってもらえないか？」

「どういう意味だよ」

「ラプラント艦長、服も持ち物もそっくりそのまま残っていたよな」

リュセージが驚きに口を開けた。

「爺さんの端末を使おうってのか？」

「端末か、でなければ認証に使えるものをなんでも」

リュセージは無言で立ち上がり、足早に階段を降り始めた。

何年も他人に知らせず守るあいだに、ラプラント艦長はリュセージの聖遺物となっていたのだろう。彼は祖父の遺体を動かそうとして、何度もためらった。ワランキは、彼が決心するまで何も言わずに待った。

遺体をエアロックから引き上げて持ち物を検めると、思ったとおり、携帯端末があった。もちろんバッテリーが切れていたが、その規格は当時も今も変わっておらず、リュセージの端末を重ねると、非接触電源共有によって祖父のものも起動した。

端末そのものにもセキュリティロックがかかっていた。音声や指紋などいくつかの手段でロックされており、遺体の指を当ててみたりしたが、さすがにそれでは通らなかった。

「爺さん、教えてよ。こいつの使い方……」

「待て、リュセージ。ちょっと貸してみろ」

ワランキがよく見ると、それは軍隊のために開発されたものではなく、民生品をそのまま流用したようだった。というよりも、年季の入り方からして、おそらくラプラント艦長が艦長になるよりも前から使っていた、私物らしかった。

「リュセージ。ちょっと聞くが」

「なんだよ」

「おまえが生まれたのって、艦長が出港する前だった？　後だった？」

「前だ」リュセージは即答する。「生まれたおれの顔を見てから、爺さんはもう心残りはないって言って、艦長を引き受けたんだ。親から千回ぐらい聞かされた」

「だったらもう、これしかないだろう」

ワランキは、もっとも原始的な文字パスワードの入力画面を呼び出した。

『Rewsage』

チャイムが鳴ってロックが解け、スタンバイ画面が現れた。

「え、おれの名前？　なんで？」

度肝を抜かれて言うリュセージに、ワランキは首を振ってみせた。

「だって、おまえの爺さんだろう？　変にひねったことをするはずがないじゃないか。まあ、当人は秘密の言葉のつもりだったかもしれないが」

「爺さんを馬鹿にするな！」

言葉ほどリュセージが怒っていないように見えたのは、ワランキの気のせいではなかっただろう。

端末の中には、ワランキが思ったとおり、アキレス号の運航にまつわる重要情報が山のように詰まっていた。そして、それらの情報は誰が見てもわかるように、あきれるほどオープンに格納してあった。軍人にあるまじき情報の扱い方だ、と考えるのは的外れというものだろう。彼は艦の開発者、工学者としてずっと働いてきて、そのキャリアの最後のごく短い期間に、軍服を着ただけだったのだ。

ともあれ、端末は、もっとも重要な二つのことを、二人に教えてくれた。

一つ目は、この艦の反応炉区画からは通常の方法では出られないということだ。秘密の抜け道などは存在せず、閉鎖された区画ハッチを中から開く方法もなかった。閉じこめられたことをブリッジに知らせる非常ブザーがあるので、問題ないと考えられたのだろう（十五年たってからブザーが押されたときに、ブリッジはおろか艦の周りにすらほとんど人がいないという事態は、想定外だったのだろう）。

二つ目は、艦長権限で艦の主要システムにアクセスするためのパスワードだった。

リュセージとワランキは、端末を持って機関制御室に戻り、艦長権限でアクセスして、艦体セパレートの手順を調べた。そして、それが可能であることを知った。

「どうやらできるみたいだな。どうする？」

「やるさ。このままじゃ僕たちは長くない。アキレス号を真っ二つにすればトロヤ群じゅうから警察とヴェスタ軍が飛んで来るだろうけど――」

「いいよ」リュセージが不敵に笑った。「爺さんだって、きっとやれって言う」

「よし」

操作としては拍子抜けするほど単純だった。機関オペレーター席のホロ画面で実行ボタンを押していくだけ。手順を進めるにつれて、照明が消え、サイレンと非常放送が鳴り出したが、難しいことは何もなかった。

「三分後から艦体セパレート・シークエンスが開始します。一部通路は剪断《せんだん》されます。艦内は真空になります。総員は艦内の赤い剪断ラインから離れ、消圧に備え、艦内無線チャンネル８８を聴取してください。間もなく艦体セパレート・シークエンスが開始します……艦体セパレート・シークエンスが開始しました。放送は艦内無線チャンネル８８へ移行します。放送は艦内無線チャンネル８８へ移行します」

注意を促すためのやや甲高い音声とともに、艦内のどこからともなく、ズシン、ズシン、と岩がぶつかり合うような振動が伝わってくる。上艦体と下艦体を接合していたいくつもの頑強なクランプが、一組ずつ外れていくのだ。

「ワランキ……」

リュセージが室内を見回して、不安そうに身を寄せる。ワランキは無言で待った。こんな大きな仕掛けを作動させてしまったら、もううろたえたり心配したりしても仕方がない。

遠くから始まった轟音は次第に近づき、やがてすぐ近くでガン、ガン！　とひときわ大きな音がして床が跳ねた。かと思うと、一転して嘘のような静寂が訪れた。

まっくらだ。機器のいくつかは無停電電源を内蔵するらしくて、明かりをともしているが、ごくまばらだ。ごそ、と今度はリュセージが無言で身動きした。

暗闇で、こちらを見つめている気配。

「行こうか」

ワランキは立ち上がった。

艦体は主反応炉の上下で分かれる。サービスステージがあるのは上艦体だ。

階段を下りて、大空間へ出た。

壁面のキャットウォークから周囲を見渡す。壁はびっしりと葛に覆われて、地のパネルがひどく見えづらい。

わからない。二つの艦体の分断線が見えない。主反応炉を取り出せるぐらいの開口が空くはずなのに。焦って視線をさまよわせる。

「ワランキ……あれ？」

ようやく、リュセージが指差した。ワランキは苦いつぶやきを漏らす。

「嘘だろ……あんなのかよ」

大空間の上端近くを水平に横切る形で、赤い剪断ラインが走っており、その中央に、ほんのかすかな黒線ができていた。視線をめぐらせ、振り返って自分たちの頭上を見る。そこにも赤ラインが来ており、より正確に隙間を目測できた。

幅、四センチといったところだった。

そして、気づいてみれば、そうなった理由も明白だった。

ラインの上と下をつなぐ無数の蔓。

アキレス号は、その内部に縦横にはびこった植物のせいで、いまや分離することもできなくなっているのだった。

「葛のせい……か!」

夕食は二人とも食べなかった。食欲がなかったし、ワランキは腹を壊していた。多分リュセージもそうだったろう。古すぎる糧食のせい、であるならまだいい。しかしもっとずっとやっかいな原因かもしれなかった。この区画では。

機関制御室に戻った二人は、長い間ぐったりと横たわっていた。食事には遅すぎると思えるほどの時間になってから、ワランキはブドウ糖水溶液を作ってリュセージに勧めた。彼は嫌がったが、半ば脅すようにして、無理やり飲ませた。

それから切り出した。

「あのサルのことだけどさ」

横たわったリュセージはこっちを向こうとしない。部屋の照明が落ちたので、非常キットに同梱《どうこん》されていた発光紙を開封して壁に貼ってある。横顔の陰影が濃い。

ワランキは続ける。

「考えてたんだ。サルから鎌を取り戻すためには、サルの性質を知らなきゃいけないんじゃないかって。サルの飼い主とか管理者か何かの記録が見られればいいと思った。記録を見ればサルの行動パターンや、ねぐらがわかるかもしれない。奪っていったものをねぐらにしまいこんでるなんて、ありそうじゃないか」

リュセージはまだ反応しない。ぼんやりと闇の奥を見ている。

「って考えてたんだが……あのさ。サルって十五年も生きるか？」

「……さあ」

「ここで。こんな、餌もろくにない、放射線まみれの場所で。十五年だぞ？　よく考えたら、それってすごいことじゃないか？」

「なんだよ」リュセージがようやく振り向いた。うんざりしきったような顔だったが。

「サルが十五年生きたから、どうだって？　おれたちも十五年生きられるって？」

「違う」ワランキは首を振る。「あれはサルじゃないんだ」

「……はあ？」

「サルが十五年生きられるわけがない。でもあいつは十五年前からいる。だったらサルじゃないってことだろ」

「おまえ、頭大丈夫？」

リュセージが眉をひそめてとがめるように言った。大儀そうだが、生気が戻っている。

ワランキはそれに力を得てうなずく。

「大丈夫に決まってる。今までの論理に穴はないと思うが」

「ありまくりだろ。あれがサルじゃなかったらなんだっての」

「わからん」

「わからんー?」

「だから、調べる価値がある」

よっ、せっ、と弾みをつけて体を起こし、しゃがんだまましばらく息を整えてから、リュセージを見下ろした。

「端末、貸してくれ。爺さんのやつ」

ラプラント艦長の端末にサルというキーワードを入力すると、簡単に情報が見つかった。航海日記の下書きらしいメモの中に、機関部のグリームという乗組員が飼っているサルのことが書かれていた。サルはむやみやたらと他の乗組員の持ち物をかすめとっていく。次にやったら注意の必要がある、と艦長は記していた。

「サルって書いてあるじゃないか」

「待て」

指摘するリュセージを押しのけて、ワランキは記録を読み進んだ。そして、数日先の記述を見て息を呑んだ。

『――やられた! グリームのサルは本物ではなかった。あれはバータロイド。仲間内の親交を促すために、持ち物を取り替えるロボットだった。そういえばあのサルは小物を持っていくのと同じぐらい、誰かの奇妙な道具を私のところに持ちこんでいたものだ。コーヒーカップ、ピンクのブーケ、帯の切れたホルスター、折れたナイフ』

「ほら……な。やっぱりロボットだった」

やっぱりと言いつつも、自分の推理に自分でびっくりしていた。

「ほんとだ。よくわかったな、ワランキ」

リュセージが感心して小さく手を叩く。例によってワランキがポーカーフェイスを保ったので、いっそう驚いたようだった。

「ってことは……どういうことなんだ？」

あまり頭が回っていないらしい。少しふらつきながら尋ねる。つまり、とワランキは額に手を当てて考えをまとめる。

「仲間内で喜ばれそうな小物を渡してやれば、あのサルは鎌を返してくれるのかもしれない」

「それってどんなのだよ。っていうかほんとに返してくれるかな？」

「わからない、どっちも可能性だな。とりあえずいろいろ試してみるか」

このころには起き上がるのがだいぶつらくなっていた。改めてまずい糧食を多少なりとも胃袋に押しこんでから、二人は実験してみた。

糧食パックや発光紙、ハンカチや筆記具等を通路に置き、うんと離れて様子を見る。やがて生い茂る葛の森のどこからともなく、あの小さなサルが現れて、ばら撒かれた品物を吟味した。

しかしどれも興味を持てなかったらしく、その場に放り出して姿を消した。

「あっ畜生、わざわざ用意してやったのにシカトしやがって！　なんて贅沢なやつだ」

「多分、一度手に入れたものは、もう興味を示さないんじゃないか？　別の人間に渡すために収集しているんだから、かぶったらまずい」

ワランキは懸命に、バータロイドというらしいサル型ロボットの行動原理を推測しようとする。リュセージが感情むき出しに言い返した。

「それか、もうとっくに壊れてるのかもな。だってあいつおまえを引っかいたし、食い物めちゃくちゃにしやがった。それって、ペット型ロボットとしての限度を越えてるよな？　命に関わることだ」

「壊れている、とは言いきれない」ワランキは慎重な言い方をした。「現役時のアキレス号で食事を一度引っ掻き回した程度のことでは、誰も命を落とさなかったはずだ。きっと茶目っ気の範疇《はんちゅう》だったんだよ。まあ、動作の微調整が利かなくなっていることはありうるが。僕が引っかかれたのは多分それだ」

「ワランキ、あんなやつを弁護してやらなくたっていいんだぜ？」

弁護しなければあいつが壊れているという結論になって、助かる望みがなくなる。そのことを口に出さずに、ワランキは首を振った。

「あいつから品物を受け取りたければ、きっとあいつの知らないものを渡さなければならないんだ。——きっとそうだ！　だって、あいつが最初に奪っていった非常食は、僕たちがラックから出すまではこのエリアで見られなかったものだろうし、鎌だってそうだからな。アキレス号では他になかった道具だ」

「ってことは……ああ！」リュセージが、かろうじて希望の笑みと呼べそうなものを浮かべた。「ここにない小物を、送ってもらえばいいんだ！　コロロギ岳に！」

「そうだな」

やつれた顔の少年を見て、多分これが、自分たちにできる最後の挑戦だろう、とワランキは直感していた。

信号文を作り、「ケイアックの蛇」を叩いて送る。見つけたときには片手で持てたレンチが、今ではずっしりと重かった。苦労して信号を送ると、しばらく待った。

立ち尽くすうちにめまいが強まり、頭痛にさいなまれる。隣のリュセージも相当つらそうだ。いつもは透き通ったミルク色をしている頰が、不気味に青ざめて見える。透明フードの内側を曇らせてはっはっと荒い息をしており、一度、吐きそうにえずいて、ぎゅっと唇を引き結んだ。

そしてそれまでの何度かと同じように、二人の少年は、自分たちが何も待つ必要はないのだと言うことに、間の抜けた数分間の後で気づいた。

「あ――リュセージ」

「ああ」

「あれだ。あれが、それだったんだ」

葛をかきわけ、コアステージの一隅に向かう。そこに置いてあるカプセルが、二十一世紀から贈られた鎌の入れ物だ。きわめて頑丈で精巧なその入れ物の片隅には、鎌と一緒にもうひとつ、別のものが入っていた。それにはこう書かれていた。

『交換用。絶対に食べないこと』

分厚いガラス瓶に収められたオレンジのマーマレード。どう見ても食べ物なのに食べるなとはどういうことなのかと、おとつい見つけたときには、二人で首をひねったものだった。

いや――今の二人にはそれが、起こったかもしれない現実の片割れでしかないことがわかる。

「この瓶は、僕たちがいま、取り寄せたものなんだな」

「うん。瓶がなかった世界のおれたちが、な」

文字通り宝物のようにしてその瓶を抱き、二人は上階へ向かった。

通路に置いて待つ。リボン掛けした可愛らしいガラス瓶を遠巻きに見つめる十数分。

「不思議な儀式をしてるみたいだ」

リュセージがぽつりとつぶやく。ワランキもまったく同感だった。思わず目を閉じて考えてしまう。この数日間、想像したこともない体験ばかりし、いろいろおかしなことをやってのけた。まったく、不思議で不条理な舞台劇の中にいるようだった。これは全部本当のことなのか？

それとも放射線で壊れつつある脳が見せている、悪夢か何かなのか……。

「あ」

リュセージの声に目を開ける。

通路の瓶がなくなっていた。

「来たのか？　サル」

「見てなかったの？」

「ちょっと目を閉じてた。来たのか？」

「おれも横を見てたんだよ。そしたら、いつの間にか」

「見てろよ……」

「おまえだって見てろよ！」

サルが持っていったんだろうか。それとも煙のようにパッと消えたんだろうか？　ありえないとは言いきれない。信じられないことばかり起こってきた。

「瓶が……なくなったら……」

肩で息をする。腹がごろごろ鳴る。これがダメなら、次に何をすればいいんだろう。もう、よくわからない。

「くそっ……ここまで……！」

拳を固めて壁を殴りつけようとした。

背後で、ごとっと硬い音がした。

振り向くと、ガンメタルブラックに輝く折りたたまれた二丁の鎌が、床に。

壁を這う葛を、仙人じみた顔つきの灰色の生き物が、勢いよくするすると登っていった。

ワランキは、握った拳をリュセージに向かって掲げる。リュセージも同じように腕を上げた。

がつんと打ち合わせる。

「やったな！」

「ああ」

最後の力を振り絞って、二人は立ち上がった。

「う」壁の端の蔦のシートに刃先を突っこみ、腰を落として全力疾走。「りゃあああああああ！」

薙《な》ぎ払われていく毛深い蔓と葉が、脆《もろ》い灰のようにはらはらと裂ける。吹雪のようにひらひらと散る。

また別のところでは差し入れて斬り下ろす、差し入れて斬り下ろす、差し入れて斬り下ろす。倦《う》まずたゆまず、同じ動作を同じペースで、最低限の力しか使わずに黙々と切断を続ける。

リュセージもワランキも、それぞれおのれの好きなやり方で作業した。そうでもしなければ気力が尽きてしまいそうだったし、いま必要なのは底をつきかけた体力をかき集めるための気力、ただそれだけだった。

葛はコアステージの壁面を這い登るだけではなく、「ケイアックの蛇」を中心とする複雑怪奇な付帯設備に絡みつき、各方面へ伸びる通路にも、どこにでも這いこんでいた。それらをどれだけ切れば、上艦体と下艦体を分離させられるのかわからない。

だが、じきに耳のいいリュセージが手がかりになりそうなことに気づいた。

「ワランキ、ちょっと」

「ん」

「ちょっと！」

そばに来たリュセージに、静かにしろと身振りで合図されて、ワランキは手を止めた。

そして彼と同じように耳を澄ませた。

かすかに聞こえた。ぷちぷち、ぴしぴしと数多くの細かな泡がはじけるような音。

「こっちだ」

通路を進んでいくつかの角を曲がった先で、二人は膨大な葛が這い出している竪穴にぶつかって度肝を抜かれた。それまで知らなかったものだ。蔓の流れに沿って進むと、無重力下での移動路である垂直坑に流れこんでいた。そこから上方へ向かっているようだ。蔓の束はピンと張り詰めている。

プチン、バシッ、という音が、いまやはっきり聞こえた。垂直坑の中からだ。リュセージが断言する。

「こいつがアキレス号を縛ってるんだ！」

二人はまるで太いワイヤーか筋肉の束のような蔓に、左右から鎌の刃を引っ掛けた。そして合図とともに力いっぱい引いた。

「せーの！」

蔓の一本一本がびびびっと切れほどけていき、最後の芯の部分は、ざくん！　と一気に切れた。途端に、ゴンッ、と隕石でもぶつかったかのような、もの凄まじい轟音がして、艦が跳ねた。

「うっひゃ……！」

足を取られて二人とも転んだ。起き上がって周りを見る。が、ネックライトの光の届く範囲に変化はない。

「上だ!」

大空間へ。もう走る脚力がない。手すりにつかまり、肩を貸し合って、あえぎながら進んだ。反応炉のある大空間へ出る。そこから上方を振り仰いでも、赤い剪断ラインは遠すぎてよく見えない。

「見てくる、待ってろ」

「ふざけんな、おれも行く!」

登山というスポーツ、あるいは苦行を経験したことのあるトロヤ人はいない。このとき二人が経験した階段の登攀《とうはん》が、限りなくそれに近いものだった。体力と気力と、何よりも生きて帰る力を投入した度合いにおいて。

四日前には何階分かも意識せずに上り下りしていたグレーチングの踏み段を、いまの二人は一歩一歩踏みしめるようにして登っていった。

最上段にたどり着き、キャットウォークから壁の中に入って屋内階段をさらに登る。サービスフロアの手前で、剪断ラインそのものにぶつかった。ひとつの段が大きく持ち上がっている。およそ二十センチ。二人はその隙間を覗きこんだ。

そこに不思議な世界があった。アキレス号の中に突如生まれた、天井高二十センチの中二階。迷路のように複雑な断面を見せる広大なフロア。平らではない。上下の艦体から突出した部分があちこちで互いに食いこんでいる。液体が垂れている。埃か部品のようなものも崩れ落ちている。ところどころに天地を結ぶ糸のように細い線が見えるのは、まだ残っている葛だろう。さっきぶった切ったやつほど太い束は、もうないようだ。

そして、すべての向こうに、白く細い水平な光が走っていた。

リュセージがささやく。

「外だ」

「ああ」

「外だ、ワランキ。出よう」

少年は隙間に体を突っこもうとした。

入れない。頭がつかえる。

「くそっ、この……うう……」

フードを外し、顔を横にして、無理やり入りこもうとしたが、だめだった。あと少し、ほんの数センチだけ、足りなかった。

「やめろ、リュセージ」

「もうちょい……ぐうう」

「やめろ！　動けなくなるぞ」

ワランキは腕を突っこんで、強引にリュセージの頭を引き戻した。

どっとリュセージはへたりこんだ。壁にもたれて叫ぶ。

「なんでだよ！　艦体、分かれたんじゃないのか！　こんなんじゃ……！」

ワランキは隙間に目を凝らす。上下の艦体の間をまだつないでいる構造物は、艦の四隅に設置されているようだ。それが分離を阻んでいるのか？

いや、葛の最後の束が切れたとき、艦体は大きく跳ねた。スプリングか圧縮空気のようなもので艦を押し離す機構が、すでに働いたということだろう。あの四隅の構造が多分それなのだ。なのにまだロックが残っているのはおかしい。

艦はもう、分離されたのだ。それなのに開かないということは——。

「……そうか」

ワランキは気づいた。自分たちのしていた、最後の、最大の間違いに。

「アキレス号は宇宙戦艦だ。天体上に降着する予定はなかった」

頭上を見上げる。頭上——そんな概念とも、本当なら縁がないまま終わるはずだったろう。

「艦体セパレートは無重量状態で行われなければならなかったんだ。ここアキレスでそれをやっても、分かれるはずがなかったんだよ。自重で……」

ゆっくりとワランキは手で顔を覆った。いまや敗北は完全に明らかになり、涙が堰《せき》を切って流れ出した。

「ごめん、リュセージ、ごめん……！　反応炉がないことなんか、初めからどうでもよかったんだ。そんなのはヒントでもなんでもなかった。もともと、出る方法なんか……」

声が出た。努力はすべて無駄だったのだ。ここに入ったそのときから、こうなることは決まっていた。連れてきたリュセージが悪いとは少しも思わない。ここは彼の聖堂で、好意でそこに入れてくれたのだから。ただ成り行きが悪かった。何もかもが、悪い方向に絡み合った。

眼鏡を放り捨てる。両手で拭っても拭っても涙はあふれ出し、ぼたぼたと膝を濡らした。このまま泣きながら死んでしまうのだと思った。

頭をぎゅっと抱きしめられて、息が止まった。

「泣くなよ」

一瞬、知らない人だと思ってしまうほど、優しくて穏やかな声がした。

「泣くな、ワランキ。おまえがんばったよ」

「お……」

「精一杯やった。いろんなこと考えてくれたし……励ましてくれた。おれ一人だったら、ずっと前にあきらめてたかもしんない。えらいよ、おまえ」

「……」

「自分責めんな。おれ、何も恨んでないからさ」

ぎこちない、だがどこか懐かしいような抱擁だった。友達の胸に顔をうずめたまま、ワランキは少しだけ、目を閉じて荒い呼吸を繰り返していた。

やがて、そこを離れる決心がつくと、リュセージの肩を叩いて、もぎ離した。

「悪い」

「もう、大丈夫か？」

顔をまともに見られないが、いつにも増して純粋に心配しているだろうことは、想像がつく。できる限り袖で顔をしっかりと拭って、身を起こした。

「ああ」

「ほんとに？」

「ああ」

「そっか」

それでもまだ赤毛の小柄な少年は離れようとせず、しばらく気遣わしげにぴったりと肩を寄せていた。

そのままずっとそうしていたところで、もう、なんの差し支えもないはずだった。だがワランキは、あとひとつ、心残りがあるのに気づいた。少し咳きこんでから、声を出す。

「ひとつ――ひとつ、わがまま言っていいか」

「下の『ケイアックの蛇』、逃がしてやろうぜ」

眼鏡を拭ってかけ、鎌を担いで階段を降り始めた。リュセージもおとなしくついてくる。

「なに？」

質問がないので、しばらく行ってから、ワランキは振り向いた。

「理由を聞かないんだな」

「もう今さら聞くことなんかねーよ、ワランキ」

笑顔がとても澄んでいるように見えて、黒髪の少年は目を細めた。

西暦二〇一四年　北アルプス嘶咽木《コロロギ》岳山頂観測所　二月

離れた、とカイアクが言ったのは、十日目の朝だった。

百葉と水沢は朝食をすませて大ドームへやってきた。磨きぬかれた青ガラスのように空は冴え渡り、ほぼドームいっぱいになった巨大大根を、シート屋根の隙間からさす細い光が横切っていた。

「私のしっぽが、解放された。動けるようになった」

「いま？」聞いてから、百葉は軽く首を振る。「じゃないんだよね。じゃあ……私たちの時代の、何がきっかけになったの？」

「わからない。想像してみてくれ。君たちは昨夜、トロヤ群への荷物に贈り物を添えようと決めた──」

「その贈り物が、いま世界のどこかで発明されたか、取り置かれたのか、料理されたのね、きっと」

「君たちのさまざまな努力が実を結んだということだ。私は──」久しぶりに、多重写しの幻覚。「感謝する」

こちらが納得するまで、カイアクが自分自身を繰り返した証《あかし》。こいつにも感謝という概念があるのか。それとも、もともとなかったからひねり出したのか？

ともあれ、もっと大事なことがある。

「待って、カイアク。結局あの子たちは――脱出できたの？」

葛を切って出口を開けたいと言っていた、二人の少年。戦艦の中に木が生えていたりサルがいたり、一体どんなところにいるのか想像するのは難しかったけれど、乏しい手がかりから、彼らが本当に生きているという確かな手ごたえを百葉は得ていた。

するとカイアクは、通信を受け取っている、と言ってまた新たな信号を伝えた。百葉たちは、カイアクが自由になったという話を添えて、それを煌海へ送る。

時間が時間だけに、返事が来るまで少しかかった。一般論として星を見る天文学者は朝に弱いものだ。太陽を見る百葉たちのほうが変種のうちに入る。

一時間ほど後、煌海から連絡があった。

「百葉ちゃん、さっきの通信だけど、いい、全文を読み上げるよ。――コロロギ岳の親愛なるジェントルパーソンのみなさまに宛てて。こちらはリュセージ・ラプラントとワランキ・レーベック。皆さんのご協力に感謝します。家族に伝えてください、愛していると、そして、ラプラント艦長を誇りに思ってほしいと。さようなら。西暦二二三一年、二月一八日」

煌海は言葉を切った。不安に満ちた沈黙だった。

百葉のほうから言うしかなかった。

「出られなかったんだ」

「なんでよ！」煌海が叫ぶ。「カイアクを自由にできたんでしょう。だったら同じ鎌で葛を切って、出口を開けられたはずじゃない。私は読み間違えてない、解読には絶対自信がある。なんであの子たち、出てないの？」

百葉は答えられない。悲嘆に沈む煌海にかける言葉もなく、電話を切った。

大ドームに引き返して尋ねる。

「カイアク、通信のあと、あの子たちはどうしてる？」

「私にもたれている」

誤解のしようがない返事だった。そんなところに居続ける理由など何もないだろう。

「カイアク、二人を助けてあげて」

「それはできない」

「天体をぶっ壊すぐらいの力で動けるんでしょう。その力で、ちょっとだけ動いて、戦艦を真っぷたつにしてあげて」

「できない。私は時の楔を貫いている。私が動くことは、動いた部分よりも未来の可能性すべてに波及的な影響を――」

「いいから助けろっつってんだこのうすらでか大根！」

怒鳴りつけて思いきりぶん殴った。何度も拳を叩きつけた。

だが手ごたえはまったくなく、それどころか手に響く痛みすらなかった。逆に、殴ったところを中心に、自分たちのいる世界のほうが、どん、どんと鈍く振動するのが感じられただけだった。

やっぱり、こいつには通じないのだ。――痛みも、悲しみも。

「私のしっぽの先に至るまで、二人はもう動かず、もたれ続けているようだ。できることは何もなくなった。残りの手続きがすんだら、私はまず未来から立ち去る」

「残りの手続きって何よ！」

「君から十日前の君への呼びかけを聞き取って送ったり、今日の分の地震の情報を過去へ送ったりということだ」

「そんなことしてやるもんか」

「しなければどうなるだろう。想像は君のほうが得意だ」

十日前に、自分からの呼びかけがなければ、自分はカイアクを理解するのにもっとずっと手間取っただろう。二十三世紀との通信は確立していなかったかもしれない。リュセージとワランキの存在に気づいたかどうかすら怪しい。

　二人はマングローブの森の中で死ぬことになったかもしれない。葛ではなく。どちらがマシだろう？　どっちも最悪だ。ただ、二人の最期の言葉を聞き取ってやれたのは、こちらだ。

「……やるわよ、やればいいんでしょ！」

　十日前になんと言われたのか、もう覚えていない。だがあのときひどく不安で、寒くて、混乱していたことはうっすらと覚えている。何もわかっていなかった。そんな自分へかける言葉？　まあせいぜい生き延びたらどうか、と思うぐらいだ。自己愛の強いほうじゃない。でもわざわざ自分に苦行を課すほどのドSでドMでもない。

「えーっと、私、聞こえるか。私、です。証拠はスマホのロック、5011。事態は徐々にわかると思うけど、最初に少し忠告しておく。今すぐ部屋へ戻って、屋外作業着に着替えてから、九十度のコーヒーをポットいっぱい作ること。そのあいだにトイレをすませること。これから天地がひっくり返る。それに耐えて……いや、何も耐えなくていいや、あんたは私だし。知ることすべてに驚いて。じゃ、がんばれ十日間」

　半ば投げやりにそう言い終えたとき、なんのことを言われていたのかすっかりわかった。どさりと椅子に腰を下ろした。うなだれる。苦い唾《つば》が口に湧き、ぐっと飲みこんだ。

「結局……こうなること、言ってたんだ……私……」

　つぶやく声はかすれていた。

間をおかずにカイアクが言った。

「私に必要な技術用語を教えるなど、まだいくらかすんでいない手続きがある。手早くすませてしまえば、私の退去が早まり、君たちの業務も元通りになるが」

「いま忙しい」

「不幸な未来は考えなければいいんじゃないのか？」

「カイアクよ」後ろの壁際で、一部始終を見守っていた水沢が、口を開く。「あんたは進化をしないと言ったな」

「ああ、言った」

「ということは、まっとうな生存戦略とも縁がないんだろう。敵を減らして、同盟者を増やそうという算段もないんだろうが、それならなぜ、引っかかったしっぽを外してもらえるのをじっと待っていたんだ。力ずくでおれたちの世界や未来の世界をぶっ壊しちまっても、誰にも叱られないし、捕まるわけでもないんだろう？」

「それは壊したくなかったからだ。壊しても私自身にはなんの害もないが、立派な楔を壊すのはしのびない」

「ということは、あんたには感情があるんだろう」水沢はため息をつく。「惻隠《そくいん》の情、というやつだ。そうなら、もう少し待ってくれよ」

そう言って百葉に近づき、椅子の背をギッと握った。

「おれたちは今、一緒に頑張っていた仲間を失ったんだからさ」

大ドームは静かになった。百葉がすすり上げる音だけが時折響いた。

「では、また声をかけてくれ」

とカイアクも震えるのをやめた。


夕方までに百葉たちは、必要なことをカイアクに伝え終えた。彼がいなくなるということは本部ほかには知らせなかったが、煌海にはもちろん知らせた。ウェブカメラをつないで同席させた。

準備ができると、百葉は言った。

「それじゃあカイアク、さよなら。お達者で」ちょっとだけ目を伏せてから、付け加えた。

「あなた、妊婦さんなんだよね。いい子を産みな」

「できたらどこかでまた会おう、カイアク」水沢は一升瓶を持ちこんでおり、冷やのままでやりながら言った。「あんたはとてつもなく興味深いやつだ。もっと人間を磨いてから来てくれれば言うことはないが、そのままでもいい、近くまで来たら顔を見せろ」

そう言って、湯呑み一杯の清酒をぶっかけた。

「カイアク、最後に聞かせて。あの子たちは——その——まだあなたのしっぽのそばに?」

才谷煌海が回線の向こうからためらいがちに尋ねると、カイアクは答えた。

「私のしっぽは、彼らにもたれられている楔にある」

「そうでない楔もあるのね？」

「楔はどんな可能性も含むから、膨らんでいるんだ、コーミ」

煌海は何かを祈るかのように強く目を閉じた。百葉たちは小さく首を振った。

それからカイアクが奇妙な話を始めた。

「キヨシに言われたことを考えていたのだが、私はお礼をするつもりでいる。感謝や気配りということは私たちのような間柄では、おそらく確実に、歪曲せずには伝わらない。伝えるには行動をもってするしかない。私の場合、行動とは時の楔に触れることだ」

「何をするつもり？」

「それを説明しようとすることも、きっと歪曲になるだろう」

ずるり、とカイアクがいきなりバ、ッ、クした。百葉たちは目を剝く。赤茶けた小惑星の表面みたいなざらざらした肌が、ずるり、ずるりと後方のドームの壁の中に向かって蠕動していく。いっぽうで下がった分だけ、北ピア側の何もないところから、湧き出してくる。

そして徐々に細くなる。

「私は私なりに、このコロロギ岳から木星トロヤ群まではるかに伸びる楔を見渡して、おそらくその全体にとっていい影響があるだろう、と思われる要素を見つけ出した。それに、お触れる。君たちは変わる。それがどんな未来でありまた過去になるのか、私は想像するということができないが――」

ずるずるとカイアクが百葉たちの楔から抜けていく。それにつれて百葉たちの周囲の現実が猛烈に重なり合い、意識がかき乱される。十日前にカイアクが破ったはずのドームが、九日前に破られたことになり、八日前に破られたことになり、なおもどんどん最近のことになる。「カイアクとの十日間」を体験した自分たちが、「ようやく成り行きのわかってきた自分」「まださっぱり何もわかってない自分」たちと重なり合い、反発しあって振動し、「カイアクのいない楔」の自分たちとして強制的に収斂されていく。

「楔にもそれなりに痕跡というものは残る。君たちは覚えていてくれるだろうし、君たちの世界も働いてくれるだろう。そして私が触れていなかった楔との違いに気づくだろう。そのときの君たちの気持ちが」

ずるり、ずるん、とカイアクの大根そっくりの尖った先端が後退して、消え去った。

岳樺百葉と水沢潔は、空っぽの大ドームにたたずんでいた。

文字通りの空っぽ、だ。そこにいた大きな何かはいない。大変なことになっていたような気がするドーム屋根は、ぴったりと閉ざされてしんしんと降る雪に耐えている。

そしてなぜだか知らないが、この観測所の存在意義そのものであるはずの、四十数年ものの二十五センチクーデ型コロナグラフも、忽然と姿を消していた。

「なんにも……なくなっちゃった」

つぶやいた百葉は、記憶の混乱を覚えた。なくなったって、なんのことだ？　ここには数年前から何もなかった。愕然として隣の水沢と顔を見合わせる。

「今までここにコロナグラフ、なかったですか？」

「あった」真剣に水沢もうなずく。「つい今までここにコロナグラフがあって、だがそれはカイアクに壊されて、そっちの隅に転がっていた——んじゃないかと思うんだ、岳樺くん」

「思います！　三鷹に移送せずに、ずっとこっちで使われていた——使ってました、私！」

「何にだ？」

何に？

わからない。コロナグラフの使い途《みち》といったら太陽観測に決まっているが、それはもうここでは行われていない。新鋭の太陽観測衛星に出番をゆずり、ここの観測所は高山滞在施設になった。

「カイアク……」

自信なさそうにこちらをうかがい見る水沢と同様に、百葉もその名前が表すものを知っているような気がした。この観測所へ時間生物の大根が突っこんできたとか、世界中の注目が集まったとか、二十三世紀の未来と複雑きわまりないやり取りをしていたなどという事実は、すべて存在しない。それは自分たちの記憶の中にしかないことだ。自分たちは三鷹の国立天文台の職員で、ここへは施設のメンテナンスのためにやってきただけで、そちらの記憶もある。かばんの中には通行許可の書類や途中の買い物のレシートも入っている。こちらが現実だ。

それなのに——わかる。

「……ここは、変えられたんだ。あいつに」

冷えきったドームにたたずむ百葉の頬を、一筋の熱いものが走る。

時間の移ろいの可能性を。きっと小手先の修整などではなく、根本的な何かをいじったのだろう。時間の泉の、ずっと上流のほうで。

きっと、下流ではもっと大きな影響が出ていることだろう。

遠くからベルの音が聞こえる。ロビーにある古めかしい固定電話の呼び出し音らしい。

水沢がつぶやく。

「電話だ。誰だろうな、まだどこにも到着を知らせていないのに……」

「誰って、そんなの。野辺山に決まってるじゃないですか」

そんなはずはないが、百葉はそう言った。

涙を拭って電話を取りに向かう。相手は、まだ一度も話したことのない人だ。

でも、意気投合できるに違いなかった。

第四次元の泉、または、忘却の神の蜂たち《ドローンズ・フォー・ザ・レーテー》

無限の空白から原初の一点への遡行。常に未来へ向かって拡張する可能性の楔がひしめく時の泉では、方向に迷う心配はない。楔の頭の指す方向が上流だ。源流に近ければ近いほど、あとで方向を転じて楽しい流れ下りをするときに、選べる流域が増える。究極的には原初の一点へ戻ってしまえば、泉のあらゆる方向へと向かうことができる（しかし、ビッグバンのただ中まで遡ることはとても難しい！）。

それでも、上れば上るほどお楽しみが増えるわけだから、仲間たちは一心に遡行を続けていた。

上流へ、上流へ。しかし、ひょんなことで楔にぶつかってしまったカイアクは、そこで少しだけ考えを変えた。

短い滞在の後に楔を離れてからも、それまでのようにがむしゃらに遡ることはしなかった。見方によっては地球の深海魚に見えないこともない、その長い体をくねらせて、「地球」と「太陽」を表す巨大な楔の周りを、そろそろと遡る。

彼はあるものを探していた。

探索はとても難しく、細心の注意を要するものだったが、やがて彼はそれをなし遂げた。衝突地点の近隣で、「太陽」の楔に影響を及ぼしている、ある別の楔を見つけたのだ。

それ自体は小さなもので、普段はほぼ一本の線に等しく、楔としての拡散性をまったく示していない。人間たちの世界では、きっと誰にも情報を与えることなく、何ともぶつかっていないのだ。

だが一定間隔で少しだけ太くなり、「太陽」の楔に接触して影響を与えた。そして刺激された太陽のほうでは、莫大な影響性のシャワーを発し、周囲のあらゆる楔を拡散させるのだった。

その小さな楔が太くなる間隔は、およそ二百年。長い目で見れば多少の振動はあったが、ほぼ一定だ。それは、カイアクが人間のモモハから聞いた現象と同じサイクルを持っていた。上流のほうを見るとけっこう古くからあるようだが、太陽系の諸天体ほどではない。途中でどこかよそから来たように見える。

カイアクに物理学や天文学の知識はない。ただ、宇宙に存在するあるものが、別のあるものに、なんらかの影響を与えているかどうかを鳥瞰《ちょうかん》できるというだけだ。

その目で見れば、この細い楔こそが、太陽に二百年周期の黒点極小期をもたらし、モモハの時代の寒冷化を引き起こす、何らかの要素であるのは間違いなかった。

今からおよそ二八万八〇〇〇年前、地球から六五〇光年離れたところで、ひとつの恒星が爆発した。当時の人類が二十一世紀並みの望遠鏡と超新星理論を持っていたら、ひどく変わったタイプの爆発だ、と驚いたことだろう。だがあいにく棍棒しか持っていなかった。それに方角も悪かった。南の空に浮かんでいる、石炭袋と呼ばれるガス星雲のちょうど向こう側。何が起こったのか誰にもわからなかった。

そこでは通常ならありえないタイプのブラックホールが生まれていた。電荷のある、小さなやつだ。そいつが爆発の衝撃で飛び出して、秒速七十五キロでまっすぐ太陽系へ向かってきた。それは本当に珍しい偶然だったけれど、運の悪いときとはそういうものだ。

そいつは石炭袋を貫いて、二八万二六〇〇年かけて太陽系にやってきて、重力に引かれるままに太陽をぶち抜いた。

ほとんど何も起きなかった。というのはそいつがほんとに小さいブラックホールだったから。そして太陽がただのガスの塊だったからだ。星は重力で丸くなる。重力を壊す方法はない。自分の重さで集まって燃えている水素ガスは、ブラックホールがぶつかろうとどうしようと、びくともしないものなのだ。

けれどもいったん近づいてしまった両者は、重力で結び付けられた。重力を逃れられるものも存在しないのだった。

ブラックホールはしばらく不規則に太陽の周りをうろうろしていたが、やがて楕円軌道に落ち着いた。太陽の中に突っこんでは、はるか遠くまで離れていくことの繰り返し。花びら型の軌跡が太陽系に描かれる。

一周するのに二百年。

そいつの重力場はたいしたことはなかった。ただし電荷が大きかった。そいつが太陽を貫通するたびに、強力な電場がガスを断ち切った。

自転する導体である太陽というプラズマ球の中では、磁力線が複雑怪奇に絡み合っている。荒れ狂う百万キロの竜。竜が地表に顔を出すと黒い痕ができる。それが黒点だ。黒点の多いときは竜が暴れているというしるしだ。太陽が大盤振る舞いしている。

遠来のブラックホールは、竜どもを薙ぎ払う剣となった。電磁場の破壊。核融合達成条件の擾乱《じょうらん》。

そいつがやってくると、太陽は静かになった。二百年に一度の静穏。黒点は減少し、太陽系は凪《なぎ》となった。そして惑星は少しだけ冷えた。

数えきれないほどの回数それが繰り返され、やがて地球に人間たちが生まれて、棍棒の代わりに望遠鏡を握った。太陽を観察して、黒点を数えた。

そして知る。四百年前に一度、二百年前にも一度、黒点が減少して気温が下がったことを。現代にまた、それが起こっていることを。

石炭袋の向こうは見えず、ブラックホールは観測にかからない。どこからきた誰が犯人なのかは、わからない。

ただ、長い観察の伝統から、知ったのだ。テムズ川を凍らせた四百年前のマウンダー極小期と、天保の飢饉を招いた二百年前のダルトン極小期と同じことが、今からまた起ころうとしているのだと。

そういうことを、カイアクはもちろん知らなかった。

ただ、モモハから聞いたサイクルと、天体というものの性質を考えて、これかな、と思っただけだ。

それこそ探していたものだった。カイアクはその楔を叩いた。

しっぽで、ぺしっ、と。

それだけで、細い楔はロウ細工のように脆く砕けて、泉の下流へ流れていった。

人間の宇宙にあった小さな黒い球は、壊れてチリになって、消え去った。

仕事を終えたカイアクは、自らの目的を思い出し、また時の泉を遡り始めた。

けれども途中で予想外の苦労をしたためか、いくらも行かないうちに、繁殖の欲望が抑えられなくなった。

そこで、予定よりもずっと下流ではあったけれど、場所を定めて繁殖することにした。今度はしっぽを押さえこまれたりしないように、絡み合いの少ない静かな楔を注意深く選んで、そこに落ち着いた。

カイアクが繁殖の支度をしていると、近くを通りがかった同族が挨拶した。

「ごきげんよう、私はオイミオ《oimio》。何をしている？」

「ごきげんよう、私はカイアク《kaiak》。繁殖の支度をしている」

「こんなに下流で？　まだ原初の一点まで百億年以上ある。ここから下っても、あまり広い流域を得られないぞ」

「わかってる」

「それならなぜ？」

そこでカイアクは、先ごろ自分が出くわしたことを話した。

「時の楔をよくよく見れば、想像以上に細かいディテールがあるとわかった。何も遠く広く見るばかりが観察ではない」

「そんなことがあったのか。その細かいディテールとやらを、私も見てみたいな」

「私は流れ下りの際にもそれを見ていくつもりだ。よかったら一緒に下らないか」

「ふん、たまにはそういうのもいいだろう」

そこでカイアクはオイミオとともに巣を整えて、その場で分身をたくさん作った。

生まれた子供たちは大変元気がよく、暴れているうちに、巣としていた楔をうっかり壊してしまった。それは当時太陽系の第五惑星に当たっていた小天体での出来事で、この破砕が人類の天文学上の謎をひとつ付け加えたのだが、もちろん当人たちは気づかない。

成長した子供たちは時の泉の広がりに目覚め、各自勝手に巣立っていった。個体数を増やすというつとめを果たしたカイアクはほっとして、気ままな下りの旅に出ることにした。

「それでは行こうか、オイミオ」

「そうしよう、カイアク」

太陽という巨大な楔の影響を常に受け続ける、それよりは小さいが、しかし十分に大きく豊かな楔、地球。その豊かさは、地球に住む生命が作り出しているものだ。生命活動は可能性の楔を爆発的に広げる。単なる物理現象にはありえない形で、物資を、エネルギーを、情報をやり取りする。

人間が力をつけて、世界中に広がった。絶え間なく燃え続ける無数の花火のように、可能性の楔をまき散らし、広げ続けた。

「こいつはすごいな」

「見ろ、あそこがコロロギ岳だ。私がいたところだ」

「コロロキ《kororok》という仲間はまだあそこにいるのか」

「コロロギは個体の名前じゃない。場所を表す名前で――」

「場所？　場所とはなんだ」

空間的距離というものの存在しない時の泉を泳ぐカイアクたちは、三次元の位置を表す場所という概念も持たない。カイアクはコロロギ岳の意味をしばらくオイミォに教えようとしたが、「観測所」「山」「地表」「天体」などと、時の泉に存在しないものについて芋づる式に質問されてしまい、とうとう説明をあきらめた。

あれは実際に楔に突き刺さって、日ごろ自分たちが上り下りしている時間というものにぴったり合わせて流れてみないと、決してわからないだろう、とカイアクは思った。

二人は体を優雅にくねらせて地球の楔の周りを下り、コロロキから発した細い楔のいくつかを追っていく。

ある楔は、人間社会の広い方面へ影響を及ぼした。何人かが話題を提起し、何十人もがその妥当性と必要性、実現可能性や経済性、好き嫌いや損得や神の御心に沿うかどうかを検討し、議論し、広報し、隠したて、すっぱ抜き、忘れ去り、蒸し返し、盛り立てて、決議した。そうすると、人間だけでなく植物や動物の楔にも影響が広がっていき、複雑壮大に絡みあって、はるか下流へと連なる網目を作った。

「これは一体どういう楔なんだ？」

「これはな、マングローブと呼ばれる一群の植物群落を、宇宙に持ち出さないようにしよう、という運動の進展だ」

「マグロマ……なんだって？」

「いや、いい」

時間的対称性を持たない信号の取り扱いは難しく、カイアクでさえ一度ならず間違えた。オイミオが理解できないのも無理はなかった。

別の楔はさほど大きな広がりを作らなかったが、ある、それなりに大きくて長く続く楔に絡み付いて、以後ずっとしつこく残り続けた。

「あれは絵画というもので、人間が一塊の物質に特殊な価値を与えて作り出したものだ。よくできた絵画は、その平凡な物質的来歴からは考えられないほど多くの参照を受けて、影響を波及させる」

「絵画自体はほとんど他の楔の影響を受けないんだな。その中で、コロロキの楔だけは重なり続けている」

「あれは相当の重大事だと思ってくれていい。人間は価値ある絵画を、考えうる限りの変動要因から遮断しようとするのだ」

そしてまた別の風変わりな楔もあった。それはコロロキから派生した楔の一端だったが、あるとき、絢爛《けんらん》たる地球の楔を単独で離れて、以後ずっと何もない泉の中を、ただ一本ぐんぐんと伸び続けた。そういうものが数十個続いた。

「これは？」

「鎌とオレンジマーマレードだと思う」

「それは一体……」

「私たちが知っているものに強引にたとえるなら、個体から個体へ捧げる歌や物語のようなもの、ギフトだ。これは、ええと……西暦二〇三二年のタネガシマから打ち出されたようだな。見ていろ、すごいぞ。私たちにとってさえめったに見られない展開になるから」

孤独な細い楔はぐんぐん伸びる。二人はそれを追って勢いよく泉を下る。

じきに地球から発した多くの楔が、それまでまったく接触のなかった別の楔にも触れ始めた。「太陽系の諸天体だ」とカイアクは説明する。月や火星、小惑星。小惑星などは航跡的にも可能性的にも虚空を漂う一本の線にすぎず、その広がりはほぼゼロだったが、人間が到達するとよかれあしかれ派手な広がりを見せるようになった。常に咲き誇り続ける可能性の花が、時の泉に広く敷き詰められていく。

フォボス、ダイモス、セレス、パラス。そしてヴェスタが新たなハブになって、楔の支流を絡ませあう。

そこからさらに分かれた一本が——ぽつんと離れていた別の楔に合流した。

そこに、カイアクは見覚えがある。何しろ、一度休憩したところだから。

「木星前方トロヤ群だ」

そこでオイミオが嘆声をあげた。

「おお……見ろ、あの楔と、あの楔と、あの楔を」

地球から、ヴェスタから、細い楔が伸びてきてトロヤ群の一点を目指す。そこへ、はるかに孤独な旅をしてきた別の楔もが、一直線にやってきた。信じられない幸運のなす業《わざ》か、それとも類まれなる名人に放たれた狙撃の銃弾のように、いくつもの楔が、ぴたりと一点に重なり合った。

「あれはすべて、コロロキから発したものだ。カイアク、あれは君がやったのか」

「いいや、私は怒られたのだ」

「怒られた？」

オイミオが不思議そうにこちらをうかがう。カイアクはさまざまな言葉をぶつけてきた人間たちのことを思い出しつつ。

「彼らのことがわかっていないと言って、怒られた。そんなことはないのだが。オイミオ、ちょっと見ていこう、あの楔をすぐそばで」

「面白いものが見られるのか？」

「面白いとは限らないが」カイアクはほろ苦い気持ちを噛みしめた。「こんなにもうまく交わった時の楔が、新たに何を広げるのか。それは君にとっても興味深いものになると思うよ」

二人は身を翻し、その細い楔の一点に近づく。

A.D.2231 BB-01 Achilles

「……おい、コラッ、起きろ！」

怒声に続いて、もたれていた真横の壁をガン！ と蹴られ、リュセージ・ラプラントは泡を食って飛び起きた。

「わあっ、な、なんだ⁉」

「動くな、フードを開けて両手を頭の後ろにつけろ！」

武骨な紺色の装甲宇宙服姿の兵士が二人、こちらに銃を向けている。冗談やハッタリではないらしい。ここがどこで何がどうなっているのか、よくわからないままに危険を感じて、リュセージは言われたとおりにフードを開け、降伏しようとした。

だが、曇っていたフードを払って顔と赤毛の頭を見せると、途端に兵士たちは銃を少し下げた。

「なんだ……リュセージ、おまえか！」

知り合いらしい物言いに、リュセージは相手を見つめなおす。その装甲服はもちろん、味方のトロヤ軍のものだ。が、顔はちょっと心当たりがなかった。リュセージが知っている乗組員よりも、艦長の孫であるリュセージを知っている乗組員のほうがずっと多いのだ。彼はその一人らしい。

「てことは、こっちは……」

兵士は靴先で、リュセージの隣でぐったりとしている、少し大柄な気密服姿を揺さぶった。そいつがもぞもぞと身を起こして、フードを開けた。

「んん……なんだ？　お迎えか？」

寝ぼけているように目をこするワランキ・レーベックの顔を確かめて、兵士たちは大げさに肩の力を抜いた。

「やっぱりおまえか、ワランキ。びっくりさせやがって！」

「なんだ……どこだ？　ここは」

「コアステージだよ、目が覚めたか？　密航者のおまえらに言いたいことは百もあるが、そんなチャチな気密服で長居していい場所じゃない。ついてこい、フード閉じていいぞ」

兵士は銃を上げてうながし、先に立って歩き出した。リュセージたちはおずおずと付き従う。後ろをもう一人の兵士が固める。

上り階段の手すりは少し錆が出ているがきちんと磨かれており、あたりの空気は清浄に空調されている様子で、どこにもマングローブや葛など絡んでいなかった。

何よりも、大空間の中心には巨大な核反応炉が居座っており、莫大なパワーを秘めた内部電磁流体の循環を示す、低い唸り音をあげていた。

これが夢ではなく現実だとわかってくるにつれ、リュセージはかえって動悸とめまいがしてきた。いまだ鮮烈に覚えている被曝症状としてのそれではない。興奮と、おそれのための反応だ。

隣を歩くワランキの手首を強く握って、ささやいた。

「ワランキ、これって、まさか……」

「ああ」

ワランキはこわばった顔で前を向いたまま、小さくうなずいた。

「変わった、みたいだな……」

コアステージを上りきり、どうやっても開けられずに怒りと絶望を叩きつけた区画ドアを、兵士のIDカード一枚であっさり通り抜けて、衛兵詰め所に連れて行かれた。「後で話を聞くから、おとなしくしてろ」と二人まとめて営倉に押しこめられる。

兵士が鍵をかけて立ち去るのももどかしく、再びフードを外して息をつくと、リュセージは噛み付くようにワランキに尋ねた。

「なんだこれ!? ケイアックの蛇は？ サルは？ 葛は？ なんで反応炉があるんだ？ ここ、どこだ!?」

片手を上げて冷静に——そうやって、頭の中が混乱しきっていることを押し隠して——ワランキは答えた。

「ひとまず、これだけは言える。おそらくここは、アキレス号の中だ。——現役で、航行中の」

「どういうことだよ！」

「僕が知るか！」歯をむき出してワランキは怒鳴り返したが、突然ある事実が大きく強くこみあげて、胸が詰まった。「でも、僕は、僕たちは、被曝してない。ここでは補助原子炉が壊れていなかった」

「ってことは——」

「ああ」ワランキは唾を飲みこんでうなずく。「死なない」

見る間にリュセージの顔が喜びに輝き、その途中で感極まってくしゃくしゃに崩れたかと思うと、「ワランキ——！」と抱きついてきた。

「リュセージ」

そんな少年をワランキは受けとめて、何度も背中を撫でてやった。

やがてまた衛兵が現れて、「上で話を聞くそうだ」と二人を連れ出した。通路を進みながらぶつくさ言う。

「落ち着け」

「いいか、おまえら。仮にも本艦は、和平中だとはいえ、敵地へ向かう艦なんだからな。実戦が起きる可能性だって、ないわけじゃないんだ。密航者なんざ、スパイと間違えられても仕方ないんだぞ。わかってんのか、そこ」

「はあ、すみません」

そうだ、この艦は小惑星ヴェスタへ向かっているんだ。ワランキは謝りつつ、自分に言い聞かせる。十五年前の戦争で攻めてきた連中を、トロヤ軍は見事に打ち破った。そのときに結ばれた和平条約の期限が切れたので、改めて交渉に向かうのだ。いわゆる砲艦外交、示威行動だ。それをこの目で見たいと訴えるリュセージに負けて、反応炉区画に潜りこみ四日も隠れていた。

「まあ、あんな腰抜けの屁《ロットン》まみれどもがなんとか言ったなら、もう一度叩き潰してやりゃあすむんだけどな」

もう一人の兵士が、そう言って笑った。確かに十五年前のヴェスタ軍は弱かった。たまたま派手好きの政治家が元首になっており、自分の失政をごまかすために外征を始めたようなところがあった。よく練った作戦も国を挙げた後援もなかったから、すぐ腰砕けになった。

ヴェスタ人はそういう、全然たいしたことのない連中なのだ。

でも本当はそうじゃないいんだとワランキは思った。それはヴェスタ人が本気ではなかったからだ。もっと深刻な理由……たとえば、エネルギーが足りなくて自国で賄《まかな》えなくなったりすると、連中は真の力を発揮するのだ。本気になったヴェスタ人を侮《あなど》ってはいけない。逆にトロヤ軍が負けて、アキレスが占領されてしまうかもしれない……。

笑っている兵士たちを横目に、ワランキはリュセージと顔を見合わせた。そして、深くうなずきあった。

やがて二人は艦の中央上層にたどりついた。兵士がノックをし、返答を得る。

「入れ」

開いた艦長室の扉の中に、ワランキはよく見知った人の顔を目にして、なぜだか息を呑む。

色あせた赤毛を精悍に刈りこみ、口元厳しく鷹のような目をした小柄な老人が、怒鳴る。

「あれほど乗るなと言いつけたのに二人して潜りこみおるとは、一体何を考えとるのだこの馬っ鹿もんが！」

「爺さん！」

叫んだ孫が紺の制服の胸元に頭から突っこむ。

「ばっ、なんじゃ、リュセージ、離さんかこら、たった四日で甘え心か⁉」

「爺さん！」

もとより彼は爺さんっ子で、働くラプラント艦長が好きだから港湾ドック周りのカフェでアルバイトなどしていたのだが、普段はいくらなんでもいきなり抱きつくほどの甘えん坊ではない。

ただ、今だけは、そうしたかったのだろう。抱きついて離れない。

「ワランキ、こいつを引っぺがせ！　お守《も》りじゃろうが、おまえ！」

「お断りします、サー」

怒鳴る艦長に部屋の入り口でそう答えて、ワランキはくるりと背を向けたのだった。

艦内をサルが跳ねている。目が大きく、小さなバナナ色の顔の周りにヒゲのような白い毛を生やした、手足のスリムなサルだ。

胴体の色はよくわからない。そいつが紺色の制服を着ているからだ。金モールと金ボタンがついた立派なもので、どう見ても特別あつらえだ。行き違う乗組員にも愛されているらしく、誰からとなく飴玉やら小銭やらトレーディングカードやらをもらっている。

三人で通路を歩きながら、ワランキは訊く。

「あのサル、なんですか」

艦長室でひとわたり説教をしたら気がすんだらしく、上機嫌の艦長が答える。

「バータロイドじゃ。ああやって小物をもらっては他の者に渡したり、メモを届けたりしておる。それなりに役に立つぞ」

「あれ、勲章までつけていませんか。やりすぎじゃあ」

「あれは本物じゃ。十五年前の処女航海のとき、ある機関員からナイフを取り上げた。そいつはヴェスタ軍のスパイだったんじゃ。あの子のおかげで、裏切り者を捕まえられた」

「じゃあ、サルでありながら、衛兵でもあるんですね」

「それがそうでもない。機関員の時にだって、いつもの交換のつもりでナイフを取り上げ、代わりの品物を押し付けただけなんじゃな。それでここが面白いんじゃが、そのときサルが渡した品物というのが、宇宙で拾ったオレンジジャムの瓶じゃった」

「宇宙で拾った？」オレンジジャムをですか？」

「うむ。本艦が回収した。なぜあんなものが漂っていたのか、誰にもわからん」ラプラント艦長は愉快そうに顎を撫でる。「正体不明のジャムが届いたおかげで、スパイが捕まった。ジャムが来なければどうなっていたことか」

どうなっていたのか、ワランキたちは想像がつくような気がした。きっと、とても悲しいことになっていたのだ。

通路の突き当たりで、艦長が言う。

「さあ、艦橋じゃ。言っとくが、入れてやるのはこれ一度だけじゃからな。あとは自室でおとなしくしておれ、おまえらは員数外なんじゃから」

「了解！」

リュセージが勢いよく敬礼する。ワランキはただうなずく。

ドアが開き、宇宙に向かって開けた艦の窓に二人は足を踏み入れる。

それとほぼ同時に、警報が鳴った。女性オペレーターの甲高い声。

「減算レーダーに反応！　三時方向仰角一点に掩蔽《えんぺい》物体が出現しました、距離九百五十！」

「なんじゃと？　出現とはなんだ出現とは！　そういうのは、隠れていた航行物体が見えるようになっただけじゃ！」

「でも、本当に現れたんです、何もないところから！」

艦長の怒声に、オペレーターは困惑して答える。

そのときリュセージとワランキはありえないものを目にする。暗い艦橋に投影されている全天の星の海を、あちらからこちらまでゆらめきながら横切っていく、時の蛇を。

「全長……何これ……一千八百万キロ？　ゴースト？」

呆然とした声が響く中、リュセージが大きく手を振る。ワランキは腕組みをする。

蛇の揺らめきは、リュセージが振る手に合わせているみたいだった。

本書は、書き下ろし作品です。

小川一水作品

第六大陸1

二〇二五年、御鳥羽総建が受注したのは、工期十年、予算千五百億での月基地建設だった

第六大陸2

国際条約の障壁、衛星軌道上の大事故により危機に瀕した計画の命運は……。二部作完結

復活の地Ⅰ

惑星帝国レンカを襲った巨大災害。絶望の中帝都復興を目指す青年官僚と王女だったが…

復活の地Ⅱ

復興院総裁セイオと摂政スミルの前に、植民地の叛乱と列強諸国の干渉がたちふさがる。

復活の地Ⅲ

迫りくる二次災害と国家転覆の大難に、セイオとスミルが下した決断とは？　全三巻完結

小川一水作品

老ヴォールの惑星
SFマガジン読者賞受賞の表題作、星雲賞受賞の「漂った男」など、全四篇収録の作品集

時砂の王
時間線を遡行し人類の殲滅を狙う謎の存在。撤退戦の末、男は三世紀の倭国に辿りつく。

フリーランチの時代
あっけなさすぎるファーストコンタクトから宇宙開発時代ニートの日常まで、全五篇収録

天涯の砦
大事故により真空を漂流するステーション。気密区画の生存者を待つ苛酷な運命とは？

青い星まで飛んでいけ
閉塞感を抱く少年少女の冒険から、人類の希望を受け継ぐ宇宙船の旅路まで、全六篇収録

ハヤカワ文庫

野尻抱介作品

太陽の簒《さん》奪《だつ》者《しゃ》

太陽をとりまくリングは人類滅亡の予兆か？
星雲賞を受賞した新世紀ハードSFの金字塔

沈黙のフライバイ

名作『太陽の簒奪者』の原点ともいえる表題
作ほか、野尻宇宙SFの真髄五篇を収録する

南極点のピアピア動画

「ニコニコ動画」と「初音ミク」と宇宙開発
の清く正しい未来を描く星雲賞受賞の傑作。

ふわふわの泉

高校の化学部部長・浅倉泉が発見した物質が
世界を変える――星雲賞受賞作、ついに復刊

ヴェイスの盲点

ロイド、マージ、メイ――宇宙の運び屋ミリ
ガン運送の活躍を描く、〈クレギオン〉開幕

野尻抱介作品

フェイダーリンクの鯨

太陽化計画が進行するガス惑星。ロイドらはそのリング上で定住者のコロニーに遭遇する

アンクスの海賊

無数の彗星が飛び交うアンクス星系を訪れたミリガン運送の三人に、宇宙海賊の罠が迫る

タリファの子守歌

ミリガン運送が向かった辺境の惑星タリファには、マージの追憶を揺らす人物がいた……

アフナスの貴石

ロイドが失踪した！　途方に暮れるマージとメイに残された手がかりは〝生きた宝石〟？

ベクフットの虜

危険な業務が続くメイを両親が訪ねてくる!?しかも次の目的地は戒厳令下の惑星だった!!

ハヤカワ文庫

星界の紋章／森岡浩之

星界の紋章Ⅰ—帝国の王女—

銀河を支配する種族アーヴの侵略がジントの運命を変えた。新世代スペースオペラ開幕！

星界の紋章Ⅱ—ささやかな戦い—

ジントはアーヴ帝国の王女ラフィールと出会う。それは少年と王女の冒険の始まりだった

星界の紋章Ⅲ—異郷への帰還—

不時着した惑星から王女を連れて脱出を図るジント。痛快スペースオペラ、堂々の完結！

星界の断章Ⅰ

ラフィール誕生にまつわる秘話、スポール幼少時の伝説など、星界の逸話12篇を収録。

星界の断章Ⅱ

本篇では語られざるアーヴの歴史の暗部に迫る、書き下ろし「墨守」を含む全12篇収録。

星界の戦旗／森岡浩之

星界の戦旗Ⅰ―絆のかたち―

アーヴ帝国と〈人類統合体〉の激突は、宇宙規模の戦闘へ！『星界の紋章』の続篇開幕。

星界の戦旗Ⅱ―守るべきもの―

人類統合体を制圧せよ！ ラフィールはジントとともに、惑星ロブナスⅡに向かったが。

星界の戦旗Ⅲ―家族の食卓―

王女ラフィールと共に、生まれ故郷の惑星マーティンへ向かったジントの驚くべき冒険！

星界の戦旗Ⅳ―軋《きし》む時空―

軍へ復帰したラフィールとジント。ふたりが乗り組む襲撃艦が目指す、次なる戦場とは？

星界の戦旗Ⅴ―宿命の調べ―

戦闘は激化の一途をたどり、ラフィールたちに、過酷な運命を突きつける。第一部完結！

神林長平作品

あなたの魂に安らぎあれ

火星を支配するアンドロイド社会で囁かれる終末予言とは!?　記念すべきデビュー長篇。

帝王の殻

携帯型人工脳の集中管理により火星の帝王が誕生する——『あなたの魂〜』に続く第二作

膚《はだえ》の下 上下

無垢なる創造主の魂の遍歴。『あなたの魂に安らぎあれ』『帝王の殻』に続く三部作完結

戦闘妖精・雪風〈改〉

未知の異星体に対峙する電子偵察機〈雪風〉と、深井零の孤独な戦い——シリーズ第一作

グッドラック 戦闘妖精・雪風

生還を果たした深井零と新型機〈雪風〉は、さらに苛酷な戦闘領域へ——シリーズ第二作

神林長平作品

狐と踊れ〔新版〕

未来社会の奇妙な人間模様を描いたSFコンテスト入選作ほか九篇を収録する第一作品集

言葉使い師

言語活動が禁止された無言世界を描く表題作ほか、神林SFの原点ともいえる六篇を収録

七胴落とし

大人になることはテレパシーの喪失を意味した——子供たちの焦燥と不安を描く青春SF

プリズム

社会のすべてを管理する浮遊都市制御体に認識されない少年が一人だけいた。連作短篇集

完璧な涙

感情のない少年と非情なる殺戮機械との時空を超えた戦い。その果てに待ち受けるのは？

神林長平作品

太陽の汗

熱帯ペルーのジャングルの中で、現実と非現実のはざまに落ちこむ男が見たものは……。

今宵、銀河を杯にして

飲み助コンビが展開する抱腹絶倒の戦闘回避作戦を描く、ユニークきわまりない戦争SF

機械たちの時間

本当のおれは未来の火星で無機生命体と戦う兵士のはずだったが……異色ハードボイルド

我語りて世界あり

すべてが無個性化された世界で、正体不明の「わたし」は三人の少年少女に接触する——

過負荷《カフカ》都市

過負荷状態に陥った都市中枢体が少年に与えた指令は、現実を〝創壊〟することだった!?

ハヤカワ文庫

神林長平作品

猶予の月 上下

姉弟は、事象制御装置で自分たちの恋を正当化できる世界のシミュレーションを開始した

Uの世界

「真身を取りもどせ」——そう祖父から告げられた優子は、夢と現実の連鎖のなかへ……

死して咲く花、実のある夢

本隊とはぐれた三人の情報軍兵士が猫を求めて彷徨うのは、生者の世界か死者の世界か？

魂の駆動体

老人が余生を賭けたクルマの設計図が遠未来の人類遺跡から発掘された——著者の新境地

鏡像の敵

SF的アイデアと深い思索が完璧に融合しあった、シャープで高水準な初期傑作短篇集。

ハヤカワ文庫

神林長平作品

宇宙探査機　迷惑一番

地球連邦宇宙軍・雷獣小隊が遭遇した謎の物体は、次元を超えた大騒動の始まりだった。

蒼いくちづけ

卑劣な計略で命を絶たれたテレパスの少女。その残存思念が、月面都市にもたらした災厄

ルナティカン

アンドロイドに育てられた少年の出生には、月面都市の構造に関わる秘密があった——。

親切がいっぱい

ボランティア斡旋業の良子、突然降ってきた宇宙人〝マロくん〟たちの不思議な〝日常〟

小指の先の天使

人間の意識とは、神とは？　現実と仮想を往還し、20年の歳月を費やして問うた連作集。

神林長平作品

敵は海賊・海賊版

海賊課刑事ラテルとアプロが伝説の宇宙海賊匂冥に挑む！　傑作スペースオペラ第一作。

敵は海賊・猫たちの饗宴

海賊課をクビになったラテルらは、再就職先で仮想現実を現実化する装置に巻き込まれる

敵は海賊・海賊たちの憂鬱

ある政治家の護衛を担当したラテルらであったが、その背後には人知を超えた存在が……

敵は海賊・不敵な休暇

チーフ代理にされたラテルらをしりめに、人間の意識をあやつる特殊捜査官が匂冥に迫る

敵は海賊・海賊課の一日

アプロの六六六回目の誕生日に、不可思議な出来事が次々と……彼は時間を操作できる!?

ハヤカワ文庫

著者略歴　1975年岐阜県生，作家　著書『第六大陸』『復活の地』『老ヴォールの惑星』『時砂の王』『天涯の砦』『フリーランチの時代』『天冥の標Ⅱ　救世群』（以上早川書房刊）他多数

HM=Hayakawa Mystery
SF=Science Fiction
JA=Japanese Author
NV=Novel
NF=Nonfiction
FT=Fantasy

コロロギ岳《だけ》から木星《もくせい》トロヤへ

〈JA1104〉

二〇一三年三月二十五日　発行
二〇一四年九月　二十　日　二刷

（定価はカバーに表示してあります）

著者　小《お》川《がわ》一《いっ》水《すい》
発行者　早川　浩
印刷者　矢部真太郎
発行所　株式会社早川書房

郵便番号　一〇一‐〇〇四六
東京都千代田区神田多町二ノ二
電話　〇三‐三二五二‐三一一一（大代表）
振替　〇〇一六〇‐三‐四七七九九
http://www.hayakawa-online.co.jp

乱丁・落丁本は小社制作部宛お送り下さい。
送料小社負担にてお取りかえいたします。

印刷・三松堂株式会社　製本・株式会社フォーネット社

ISBN978-4-15-031104-9 C0193

本書は活字が大きく読みやすい〈トールサイズ〉です。